Condamné amour

CYRIL COLLARD

Cyril Collard

Condamné amour

Éditions J'ai lu

à Caroline
à Claude

« La limite de chaque douleur est une douleur plus grande. »

E. M. CIORAN

« Le Christianisme a fait boire du poison à Éros. Éros n'est pas mort mais a dégénéré en vice. »

« La métaphore n'est pas pour le vrai poète une figure de rhétorique, mais une image substituée qu'il place réellement devant ses yeux à la place d'une idée. »

Friedrich NIETZSCHE

I

1

J'avais l'oppressante sensation d'une imminence. La ville se vidait. Le temps était plus lourd.
Lourd comme avant l'orage. Un avion de chasse
traversait le ciel sombre. Il s'enroulait autour de la
ville dans une stridence aiguë. Je croisai un
homme en uniforme noir couvert de décorations
multicolores. Il portait une casquette blanche et
des lunettes de soleil. Des marins rentraient à leur
base, un balluchon sur l'épaule. D'autres para-
daient, assis sur les ailes d'une voiture neuve,
claire contre l'asphalte. Une femme inclina vers le
sol un carton qui se délitait et du sang de viande
coula dans la poussière. Un chat se terra sous une
voiture. Un gosse s'assit sur le butoir d'un tramway arrêté. Un autre chat miaulait régulièrement,
comme une roue qui grince à chaque tour, fasciné
par l'image neigeuse d'une télévision qui crachait
vers la rue. Le tramway démarra. Les pieds du
gosse traînèrent sur la route. L'avion de chasse de

nouveau déchira le ciel. Je m'assis à la terrasse d'un café. Il commença à pleuvoir. Des hommes rentrèrent les tables et les chaises sous l'auvent. Ils les disposèrent en rangées serrées qui formèrent un carré autour de moi. J'étais pris au piège. De l'autre côté de la rue, abrité par le surplomb d'un balcon, un cireur assis sur son petit banc répétait des gestes séculaires.

C'était une rue d'Al-Anfuschi à Alexandrie. Que pouvais-je attendre qui traversât le gris des nuages et la belle rumeur de la ville, et vînt me délivrer ?

Je ne pouvais que rentrer à Paris où Carol m'attendait. Chaque jour je me décevais un peu plus. Des plaisirs me croisaient. Persistaient. Je cherchais à les retrouver. Je cherchais plus : le début de la lente progression d'un germe étranger dans mon corps. Un désir vital et naïf de l'excès. Mais je gaspillais tout dans des demi-plaisirs, demi-amours, demi-folies, demi-audaces, demi-urgences. Je sentais l'idée de la faute accrochée à ma nuque. Je voulais rajeunir de dix ans, appartenir à une autre génération, ne plus composer qu'avec l'angoisse.

Je suis entré dans les toilettes du train qui me ramenait d'Alexandrie. La lumière qui se reflétait sur les murs de plastique orange avait une teinte chaude. Le sol était mouillé, taché de boue. Derrière la vitre opaque des formes sombres défilaient. Comme des idées passagères. Je pissai. Machinalement, en boutonnant ma braguette, je me regardai dans le miroir fixé à la porte. Mon image se reflétait doublement: de face, puis de trois quarts dos, dans l'autre miroir qui se trouvait au-dessus du lavabo. Une terrible excitation montait en moi. Je fis tomber mon blue-jean sur mes genoux. Je portais un caleçon à fines rayures grises et blanches que j'avais acheté pour éviter aux élastiques d'un slip d'aggraver les plaies que j'avais à l'aine. Mon sexe se raidit. Je m'appuyai dos à la fenêtre et me touchai à travers l'étoffe du caleçon. Le tissu était lâche autour des cuisses. Je sortis par cet espace ma queue tendue et mes couilles. Je commençai à me branler. Le train ralentit et je crus qu'il allait s'arrêter. Mais il reprit sa vitesse de croisière. La poignée de la porte tourna puis revint à sa position de départ. Quelqu'un voulait entrer et j'étais face à lui. La porte nous séparait. Elle portait le miroir qui me renvoyait mon image et m'excitait. J'imaginais qui pouvait vouloir entrer. Personne, sans doute, qui pût combler mes fantasmes de jeunes garçons doux de violence au repos qui m'auraient sodomisé devant le reflet du miroir, ou de gamines lascives que j'aurais souillées d'un jet d'urine avant de les baiser. Mais cette pensée suffit à me faire jouir. Quand j'ouvris la porte et me trouvai face à deux femmes dont l'une tenait par la main un petit garçon gras-souillet, mon sperme dégoulinait en rigoles blanchâtres sur le miroir.

J'avais changé, ou j'allais changer, Carol le savait. Elle m'attendait dans Paris gris et mouillé, en haut d'escaliers métalliques, derrière des vitres fumées. Ce fut un mélange d'étonnement, de désir et de soulagement. J'entendis sa voix :

– Sylvain...

1

L'ascenseur était en panne. Sylvain remonta de la cave à pieds. Il entra dans l'appartement. Carol était sur le lit. Elle fumait. Il ne lui avait jamais parlé du livre qu'il avait voulu écrire. À ce moment-là ils ne se connaissaient pas encore. Quatre pages dactylographiées qui restèrent sans suite. Elle n'avait lu que quelques textes de lui. Des lambeaux de poésie entassés dans ce dossier qu'il remontait de la cave.

Le Studio de l'Étoile redonnait « Condamné Amour », deux ans après sa sortie. Sylvain était entré dans le cinéma à quatorze heures. Il en était ressorti à la fin de la dernière séance. Carol l'attendait. Elle était furieuse. Elle ne savait rien. Trois scènes étaient revenues comme des coups de poing à la mémoire de Sylvain : le campus de l'université de Lille, Porto Rico, sa première vision de « Condamné Amour » avec Carol, dans un ci-

17

néma du Quartier latin, deux ans plus tôt. Il fallait qu'il écrive ces scènes. Une suite aux quatre pages dactylographiées. Un livre.

Carol le regardait fixement. Il avançait vers le lit. Il bandait. Elle regarda sa braguette. Il lui tendit les quatre feuilles. Elle les lut :

« Prologue 1

« Il y a la page. Blanche.

« Il y a la page blanche et il faut la couvrir, centimètre par centimètre, de la chair froide des mots. De cet absolu cadavérique, assassin et vulgaire. Enduire cette page de certitude et de sens.

« Et j'en dégueule.

« Vous qui lisez, la nausée vous gagne-t-elle ? La peur. Une inquiétude pointue, incontrôlable et glacée. Ouvrez les yeux : derrière chaque rempart qui tombe, un autre attend. Il prend sa place et s'écroule à son tour. Un autre mur apparaît, puis un autre, et un autre encore. Indéfiniment.

« Indéfiniment, ce nouveau mur vous sépare de l'image et du bonheur de la posséder, ne serait-ce qu'un instant. Enfin. Retour à la case départ, ce rêve enfantin de quiétude peu à peu se transforme en douleur.

« Comme si j'avais longtemps marché sur une plage de la mer du Nord,

« Mes pieds insensibles léchés par l'eau glacée...

« Un filet de sang tombait sur un miroir horizontal...

« Et il y a l'enfance, blanche elle aussi. Aujourd'hui lisse, blanche et vide.

« Mais il n'y a pas d'enfance et la vieillesse est immonde. "La punition d'avoir vécu", écrivit Cioran. J'ai dû toujours penser cela. Le futur d'alors s'est noyé dans mon enfance. Cette enfance qui n'existe pas. Et vieillir, c'est maintenant. L'horreur.

« J'ai pensé cela. Mais je ne l'ai pas écrit. Il n'en reste rien. Donc il n'y a pas d'enfance.

« Serait-ce l'enfance cette chose blanche, lisse et plate, cette rémanence un peu transparente ? La première page lisse et blanche d'un roman à écrire. Une plage de la mer du Nord, asexuée, traînée au bout de l'innocence, vrillée de morale, de modèles à suivre ou à reproduire.

« Les dunes de sable blanc, à perte de vue, où j'ai quand même retrouvé une tache de couleur, parodie d'un souvenir. Le rouge du sang qui coulait de mon genou écorché, le rouge de la pierre sur laquelle j'avais buté et qui m'avait blessé. J'avais quatre ou cinq ans. Je revenais de la plage par une allée bordée d'eucalyptus et de pins. Dans ces années soixante, cette plage était presque déserte. Mer du Nord, ou sud de la France ? Un soleil.

« Dans ce paradis, sur cette plage blanche d'ivoire lisse, cette enfance aseptisée, il y a le sang qui coule goutte à goutte de mon genou déchiré.

« C'est le rouge. C'est la couleur. Mais il n'y a pas d'enfance.

« Bien sûr, il y aurait la haine ! La haine de tous ceux qui ont couvert ma page blanche de leur écriture tiède et dégoûtante. Mais ce serait trop facile. La haine ne me rendra pas l'enfance.

« Parler au hasard des curés de mon enfance. Vérité ou mensonge. Invention. Souvenirs reconstruits. J'ai pourtant prétendu n'avoir aucun souvenir. C'est la haine. Tout simplement la haine.

« Nous restions vautrés sur les livres, chair molle répandue sur des bureaux tachés d'encre. Au milieu de nous, pas un corps de femme. Pas un gosse ne portait un nom solaire. Pablo. Ali. Tonio. Je cherchais sans le savoir la lourdeur d'un désert brûlé. Une nécessité de se battre. J'étais un petit con. Fils de bourgeois glacé parmi les fils de bourgeois glacés. Les soutanes virevoltaient à la hauteur de mes yeux et cachaient l'envers du décor, l'autre côté du mur : notre jeunesse battue à mort se barrait en silence.

« Frère André-Bernard s'excitait en fouettant le cul des gosses de onze ans, pantalon et slip aux chevilles, mains à plat contre le mur. Frère Joseph laissait courir ses mains grassouillettes sur nos

20

braguettes en transformant les Noces de Cana ou la multiplication des pains en histoires policières à épisodes. Quelques laïques égarés promenaient leurs silhouettes poussiéreuses dans ces années de marbre lisse. Sous-officiers à la retraite, anciens fonctionnaires aigris, professeurs aux diplômes incomplets qui hantaient nos cauchemars. Ils traînaient leurs blessures de guerre dans les couloirs. Leurs jambes de bois cliquetaient sur les dallages. Ils hurlaient des ordres qui traversaient les salles d'étude, frappaient les gosses en proclamant "Ave Cesar".

« À quoi bon laisser la haine fabriquer du souvenir et remplir à bon compte les cases vides de mon enfance. La haine est là, planquée. Elle dessine les traits de l'ennemi. Le Prince sans visage, l'œil blanc qui conduit la caméra dans des travellings illusoires. Elle me suggère à chaque instant le portrait-robot de l'absurde, les murs et les barreaux d'une prison, le corps dégoûtant de la certitude.

« La haine est oubliée. Elle s'est dissoute dans mon ventre. Elle attend d'enfanter une maladie nouvelle. La haine produit de la haine. Instantanée. Violente. Réelle. Têtes arrachées, castrations, éventrations, cierges enfoncés dans des culs graisseux, chapelles incendiées. Apparitions de vieilles photos nazies qui s'animent soudain. Tortures, corps décharnés, jeunes soldats vierges piqués aux crochets des boucheries. Et je perds le contrôle de ces images. Elles m'échappent. Les abominations se rejoignent. Celles que je hais. Celles que produit ma haine que pourtant j'affirme oubliée. Jouissance extrême. Et le sens s'enfuit, charrié par des torrents de sang et de plaisir à l'envers.

« Et l'enfance n'existe plus, page blanche et lisse, à l'exception de ce filet de sang qui coule de mon genou blessé, comme la prémonition d'une fracture, l'idée prophétique d'une rupture possible. »

2

Carol arrêta sa lecture. Sylvain regardait par terre. Il se passait la main dans les cheveux, se grattait l'oreille, la joue, le cou. Elle l'observait avec complaisance. Elle dit :

– Je ne suis pas persuadée qu'une suite de prologues où tu expliques qu'écrire te fait gerber passionne d'éventuels lecteurs.

« Une rupture possible »... Il était tard. Sylvain s'allongea sur le lit tout habillé. Carol était nue, à part un slip de dentelle noire. Il enfonça la tête loin sous l'oreiller. Il sentit les doigts de Carol frôler son corps. Elle déboutonnait la braguette de son jean, le faisait glisser le long de ses jambes, il chercha ses seins. Il les pelotait. Il en pinçait les bouts violemment. Elle le caressait à travers son slip. Il banda plus fort.

Quelles images pouvaient bien être associées à ce mot « rupture » ? Un début ou une fin ?

Ce qui le faisait jouir, c'était de se regarder. De regarder son sexe que Carol caressait. Le reste, tout le reste du plaisir, s'était évanoui depuis longtemps.

Il se releva brutalement, alla jusqu'à la salle de bains, enfila un pantalon. Carol se retourna sur le ventre, enfouit sa tête dans l'oreiller. Il reprit les quatre feuilles, s'assit à la table de la cuisine, fouilla dans le dossier et retrouva un article qu'il avait écrit pour une revue d'élèves : « Parano-Prophétie ». Il le trouva naïf. Il prit un stylo et des feuilles blanches. Il écrivit :

« Le parking est désert. Le ciel est blanc. Des effluves de mauvaise cuisine s'échappent des cheminées du restaurant universitaire, crachat de verre et d'acier au pied des immeubles dortoirs de brique rouge. Un vent du nord glacial chasse les odeurs vers l'autoroute de Lille. Les filets pendent, déchirés, sur les courts de tennis défoncés. Deux types en survêtement courent autour de l'université. Des mots inscrits sur les bâtiments en lettres noires défilent devant leurs yeux : Mathématiques, Électronique, Informatique, Métallurgie...

« Un dimanche après-midi d'hiver. Il ne pleut pas. Il ne neige pas. Il n'y a pas de brouillard. C'est une belle journée. Tout va bien sur le campus de l'université de Villeneuve-d'Ascq, résidence Albert-

Camus. Un dimanche comme les autres. Des sa-
chets plastique pendent aux fenêtres des chambres d'étudiants. Ils servent de frigidaire. On y
conserve le lait, le beurre, le camembert et, les
bonnes semaines, la charcuterie fine envoyée par
les parents prévoyants, dans un colis bien ficelé,
avec les chaussettes et les slips propres. "Mon
chéri, il faut changer de sous-vêtements plus souvent, tu n'es plus un enfant maintenant. Je t'embrasse. Maman." Un type est torse nu à une fenêtre ouverte. Il a mis son électrophone à pleine
puissance. On doit entendre Neil Young brailler
"Harvest" jusqu'à la frontière belge. C'est la fête.

« Je tourne en rond sur le parking désert. Je me
dis que je rêve. Il faudrait que je parle à
quelqu'un. Mais à qui ? Franck dort encore, tout
habillé, dans un mélange de bière et de dégueulis.
Agnès et Faouzi sont partis à Denain avec une caméra super-huit pour filmer les manifestations
des sidérurgistes. C'est beau la foi.

« Je vais crever ici, sur ce parking. Deux mots :
haine et dégoût. J'ai laissé là un an et demi de ma
vie. Sensation confuse et métallique de n'avoir
cessé de passer à côté de tout. Trop tôt, trop tard,
jamais où il fallait quand il le fallait. Dégoût de
cette marée de paresse, de la montée progressive
et insidieuse de l'apathie qui a peu à peu vidé
toutes mes passions.

« Haine de mes condisciples. Je les hais et je me
hais d'être là avec eux. Nous sommes l'élite de la
nation, les futurs rouages du progrès. Nous

sommes les glorieux élèves des Grandes Écoles Scientifiques. Les anciens taupins ascètes, courageux et déterminés, bientôt récompensés. Nous sommes les reproducteurs minutieux de la rationalité efficace, les traqueurs infatigables de l'erreur de raisonnement, les pisteurs éternels de la faute de calcul. Nous sommes les tortionnaires de l'irréalité, les bouchers de l'incertitude, les Landrus du doute. Nous savons. Nous ne pleurons pas. Nous rions quand il faut rire. Nous nous saoulons la gueule le samedi soir et nous faisons des parties de crêpes entre copains. Nous bandons. Nous baisons quand il faut, avec qui il faut. Nous sommes l'élite. Vive nous. Applaudissez. Merci.

« J'applaudis seul au milieu du parking désert. Un trou creusé par la névrose, taraudeuse infatigable, quand les désirs crèvent, emmurés vivants. Quand la jeunesse et l'énergie se dissolvent, mutilées, traînées le long des couloirs sordides des cages à cochon en briques sales. Des douches rouillées crépitent au fond de ces couloirs, des odeurs lourdes d'urine rampent vers moi. Le vertige me saisit, au sommet d'un escalier de secours en colimaçon. Une structure d'acier gris. La platitude vertigineuse du campus balayé par un vent glacé.

« Mais je vais crever là. Tomber sur le sol du parking. Mes gestes deviennent automatiques. Bâtiment U. Monter. L'escalier. Quatrième étage. Chambre quatre cent huit. Entasser mes vêtements dans des sacs. Débrancher la platine et l'ampli. Mes bouquins dans un carton. Tout transporter jusqu'à ma vieille Dyane. Je cogne les haut-parleurs aux chambranles de la porte. Je casse une assiette. La fièvre. Coup d'œil à la chambre-cage. Tout s'entrechoque. Des portes s'ouvrent : "Qu'est-ce que tu fais ? Tu t'en vas ?" Je ne réponds pas. Je ne répondrai plus. Toutes mes affaires sont dans la voiture maintenant.

« Partir comme ça ?... Je dois signer. Je dois laisser une trace. Je cherche un papier et un stylo dans les sacs entassés sur la banquette arrière. Les mots s'alignent. Ils font ce qu'ils veulent. »

Sylvain prit des ciseaux et un bâtonnet de colle. Il crut voir la construction d'une histoire dans la répétition de gestes automatiques. Couper. Coller. Il hésita. Ces gestes étaient nécessaires, mais une autre nécessité manquait.

Il venait d'écrire : « Les mots s'alignent. Ils font ce qu'ils veulent. » Il se souvenait seulement que ces mots étaient liés à une douleur extrême. Mais était-ce l'écriture qui avait provoqué la souffrance, ou bien la douleur qui avait engendré les mots ?

Il prit l'article qu'il avait écrit pour la revue des élèves de son école. Quelques pages oubliées dans un dossier sur une étagère métallique de la cave de Carol. Il le découpa, le colla à la suite de ce qu'il venait d'écrire. Des mots, derrière d'autres mots :

Parano-prophétie

> Buvons une dernière fois
> À l'amitié, l'amour, la joie.
> On a fêté nos retrouvailles

...

1989.
Les reflets de la ville sur les vitres fumées de la tour.
Un ascenseur, 17e étage.
L'attente est longue. Une secrétaire blonde très parfumée.
Elle est belle. Froide.
Mobilier moderne. Verre et acier. Très froid.
L'interphone : « Entrez, je vous prie. »
Le directeur du personnel. Un homme jeune. Lunettes. Costume clair.
Verre, acier, mobilier moderne.
Son visage immobile. Très froid.
Bureau immense.
Vision standard : les piles de dossiers soigneusement classés.
Il dit : « Votre curriculum vitae... »
Tu sors de ta poche une cassette vidéo où sont reconstitués les moments significatifs de ta vie.
L'homme tourne la tête vers l'écran concave. Il regarde tes images. Il arrête le magnétoscope.

Sur l'air du morceau de Nicole Croisille qu'il a vu récemment à la télévision interprété par Bernard Tapie, il chantonne : « Ah, vous vouliez être un aâârrtiste... »

Il remet le magnétoscope en marche. « C'est immonde. On devrait l'interdire. Regardez ça... votre vie ! »

Sur l'écran concave, des images de ta vie, des clichés ternes, des standards éculés :

Grandes salles obscures

Baies vitrées en contre-jour

Longs travellings dans des champs de blé

Studios, décors baroques

Salles de montage enfumées

Appartements luxueux des hommes de pouvoir

La cambrure de tes reins en reflet dans une glace au-dessus d'un lit

Une salle du Quartier latin, un ciné-club de banlieue

Des discours interminables, des militants dogmatiques

Des babillages insipides, des fourrures qui virevoltent dans des escaliers de théâtre

La chair rosée des filles offertes

Des trous noirs dans les veines

Des rencontres dans des chiottes

Il est très tard.

Le directeur du personnel dit : « Et avant ? » « Avant ? J'ai une autre cassette. » « Donnez-la-moi. »

Sur l'écran concave d'autres images de ta vie :
Terrain plat
Bâtiments de brique rouge
Trois lettres blanches : les initiales d'une école.
Des couloirs sombres
Les petits apprentis politiciens
La bonne conscience des mouvements étudiants
Des bribes de conversations, le soir, sous des lumières orangées : « Oui, le niveau de sortie... très coté, plus tard, dans l'industrie... On compte sur nous... On nous demande beaucoup... un bon salaire de départ, nous sommes appréciés... »
Des plantes vertes, de la moquette sur le sol.
Une porte, une inscription : Directeur des Études.
Tu frappes : « Entrez. »
Tu rentres : personne.
Tu frappes à la porte suivante : Directeur... « Entrez. »
Tu rentres. Un petit porcelet rigolard te dit : « Soyez imaginatif, c'est la période de votre vie où vous avez le plus de capacités. Vous savez cela, utilisez-les. Mais je ne veux plus entendre parler de vos gamineries. Vous êtes infantile. Je sens que vous risquez, ceci est regrettable mais que puis-je y faire, de ne pas atteindre la note moyenne de douze sur vingt, calculée avec les nouvelles pondérations que j'ai décidées. Où irez-vous l'année prochaine, je me le demande ? »

Le directeur du personnel dit : « Ça suffit. Je connais cet endroit. J'y ai moi-même fait mes études, il y a dix ans. Mais je peux jurer que ça n'était pas ainsi. Vous avez tout inventé. Cette cassette est un faux. »

Tu te lèves et tu dis : « Non, celle-ci est vraie, la première était un faux... ou plutôt, elle aurait pu être un faux... Mais vous avez gagné. Vous gagnez toujours. Embauchez-moi, s'il vous plaît, je vous en supplie, il faut bien que je vive... Tout ça, c'est parce que... parce que... vous n'aviez pas lu cet article... c'est à cause de... C'est à cause de... »

La tête de l'homme jeune / très froid / visage immobile très froid / éclate sous le choc. Du sang sur mes mains. Je laisse tomber sur la moquette épaisse la lampe de bureau en acier. Froid. Très froid.

Les reflets de la ville sur les vitres fumées de la tour.

Une chambre blanche très petite
Murs capitonnés

Des liens de cuir autour des pieds et des mains
Les infirmiers sont athlétiques
Des images de Berlin en ruine
De chiens d'expériences
D'Indiens massacrés, saignant sur le bord d'un chemin
De sorcières brûlées

Demain les bouchers m'ouvriront la tête.
Ils en extrairont le mal.

C'est à cause de... à cause de...
Je hurle.
À cause de... à cause de...

L'indifférence.

Sylvain S.

Il fallait continuer à écrire, noyer la naïveté de cet article dans le flot d'une histoire à venir. Sylvain pensait encore aux gestes automatiques et à la sensation d'une nécessité manquante.

« Humain, Trop Humain. » Sylvain relut ces phrases dans la deuxième partie du livre :

«... ne parler que de ce que l'on a surmonté – tout le reste est bavardage, "littérature", manque de discipline. Mes écrits ne parlent que de mes victoires : j'y suis, "moi", avec tout ce qui m'était contraire... »

Sylvain se demandait si la douleur ne préexiste pas. Si la souffrance n'est pas dans l'acte de surmonter cette douleur. Et si l'écriture ne parle pas de cette douleur surmontée.

Il écrivit, à la suite de l'article :

« Je vais jusqu'à la chambre de Franck. Il dort.
Ça pue la bière et le dégueulis. Il y a des canettes
de Leffe et de Gueuze partout. Dans le lavabo.
Franck ronfle fort. Il est tout habillé. Je ne le réveille pas. Je pose l'article sur le bureau. Il le trouvera tout à l'heure. J'ai ajouté un mot, pour lui ex-
pliquer : "Je m'en vais. Je ne reviendrai pas. Ne
crève pas. Merci d'avoir été là. Vivant. Ne leur
vends pas ton âme. Jamais. Fais passer l'article
dans la revue des élèves. J'aurais aimé être là pour
le leur faire bouffer. J'ai la satisfaction de penser
qu'ils le liront."

« Je quitte la résidence Albert-Camus. Les derniers souffles d'une journée métallique s'accro-
chent à la saillie blanche de l'autoroute. Cicatrice
bitumée d'une fracture ouverte sur le passé stérile,
la jeunesse ensanglantée.

« Les silhouettes humaines des arbres fuient des
deux côtés de la route. J'arrive à Paris et je vais
chez Carol. Elle ne m'attend pas.

« – Je suis parti.

« – Je vois... Où vas-tu aller ?

« – Je peux venir ici ?

« – C'est petit... Si tu veux.

« – Je veux faire l'amour.

« – Si tu veux.

« – Je prends une douche.

« – Non. Comme ça. Tout de suite. »

3

Sylvain venait de jouir. Il se sépara de Carol très vite, presque brutalement. La nuit continuait. Il s'assit sur les draps froissés, le dos courbé, le front contre le matelas. Les draps chargés des odeurs de l'amour. Trois chocs violents. Trois scènes du passé qui resurgissaient : le campus, Porto Rico, « Condamné Amour ». Il venait d'écrire la première. Il fallait continuer. Allait-il écrire le roman d'une libération ? Retrouverait-il très vite les crochets froids de l'angoisse fouillant son corps, dès que les fantasmes du livre seraient oubliés ?

Carol avait crié. Son souffle redevenait plus lent. Elle regarda Sylvain qui marchait nu vers la cuisine. Il prit un verre, le remplit d'eau du robinet. Il sortit de la cuisine le verre à la main, entra dans le salon. Son corps se découpait dans la pièce baignée de la lumière grise de la télévision restée allumée après la fin des programmes.

Il entra dans la chambre. Carol somnolait. Il but une gorgée d'eau. Il lui tendit le verre :

– Tu as soif ?

Carol grogna, prit le verre. Sylvain n'osait plus la regarder. Ses yeux glissaient sur elle. Elle reposa le verre. Elle s'allongea sur le ventre.

Il enfila un blue-jean posé sur le dossier d'une chaise, un tee-shirt blanc et un blouson de cuir. Carol se retourna, vit Sylvain habillé :

– Qu'est-ce que tu fais ?

– Les paranoïaques ont toujours raison, n'est-ce pas ?

Il sortit de la chambre, ouvrit la porte d'entrée de l'appartement. Carol l'appelait : il fit claquer la porte sur ses mots.

Les voies express étaient presque désertes. Sylvain roulait très vite. Sur l'autre berge, les lumières des tours de Beaugrenelle se reflétaient dans l'eau noire du fleuve. Il sentait encore la brûlure et le goût amer du speed dans sa narine droite. La voiture s'engouffra dans un souterrain. Les rampes de néons clignotaient contre le capot et sur le visage de Sylvain. Écrire ce livre. Un livre. Un autre livre. Même s'il faut partir, avaler la came par tous les pores, jouer avec son désir comme s'il était une lame de rasoir chauffée à blanc. Convoquer le public, son public, à un festin nu, à une orgie pétrifiée.

La came montait en lui. Mélanges d'opérette. Y aurait-il des spectateurs ce soir ? Décadence rose et bleue. Il était capable de faire face aux requins, aux alligators mutants, aux rats géants nourris des déchets de la ville monstrueuse, des scories de la médiocrité, des massacres sanglants et laiteux ordonnés par des tyrans aux yeux jaunes.

Il sentait la faute. L'idée de la faute, toujours là, accrochée comme un singe à sa nuque, à sa colonne vertébrale, à sa moelle épinière. Elle ne le lâchait pas. Elle demandait plus. Toujours plus. Il voulait la décrocher, lui faire lâcher prise. Et il cherchait la source d'une volonté nouvelle, les germes de la rupture. Écrire ce livre. Un seul souvenir devait être le présage de cette rupture : la journée blanche sur le campus de l'université de Lille, le visage de Thomas sur un écran du Quartier latin, ou cette nuit chaude de Porto Rico dont la moiteur revenait, se collait à la peau de son front et de ses bras ? Il commençait à pleuvoir. En face de Sylvain, les phares se mélangeaient en auréoles brisées par les allers et retours des essuie-glaces. Il s'arrêta. Il alluma la lampe d'habitacle et écrivit :

« Le Boeing 727 de la compagnie American Airlines approche de l'aéroport de San Juan. Il fait nuit. C'est la fin du mois de juin. Ce voyage pour Porto Rico s'est décidé vite, un de ces fameux dimanches à Versailles avec Carol, entre le poulet et le fromage. Depuis quelques semaines, le traditionnel : "Vas-tu encore traîner longtemps sans rien faire?" devenait moins véhément. Un jour mon père dit :

« – Je pars à Porto Rico fin juin pour un congrès ; je pourrais t'emmener... On a un marché important là-bas. André Doucet est directeur général de la technologie, il te trouvera facilement du boulot...

« Au décollage, une peur viscérale et pointue m'a laissé blême sur mon siège, épiant chaque changement de trajectoire, décortiquant chaque bruit pour y déceler l'indice d'une panne, l'annonce du carnage. Mais le carnage ne vint pas. Je regardais le visage de mon père endormi. Je ne me souvenais pas de l'avoir vu aussi détendu depuis des années. Ma peur s'évanouit. J'eus la tentation de laisser glisser ma tête le long du dossier, jusque sur son épaule.

« L'escale à New York fut très pénible. L'organisation de Kennedy Airport est incroyable : deux heures pour passer la douane. Les employés sortaient de leur cage de verre pour insulter les passagers. Ils montraient le sol avec des gestes obsessionnels. Ils hurlaient : "On a single line !... You ! Behind the yellow line !"

« Les roues de l'avion touchent le sol. Atterrissage réussi : des gosses applaudissent et crient. À ma droite, un Portoricain, colonel de l'armée américaine, deux ans de Viêt-nam, me dit :

« – Vous comprendre, Senor, pourquoi nous jamais État américain. Ici il y a les gens. People, you understand ? People !

« Oui. Je comprends. L'humidité et la chaleur m'assaillent. En quelques secondes, nous sommes trempés. Mais il y a cette jouissance de sentir la chaleur en moi comme une forme dense.

« Une fille de l'organisation nous attend dans la foule. Elle tient un carton sur lequel est inscrit le nom de mon père. Nous récupérons nos bagages et nous la suivons hors de l'aéroport. Une voiture officielle a été mise à la disposition de mon père.

« Nous roulons vers l'hôtel Palace. Le long des trottoirs des gosses attendent, assis sur les capots de bagnoles longues et rouillées. La voiture entre dans l'hôtel, fait le tour de la fontaine centrale et s'arrête au pied d'un escalier. Des néons attirent mon regard : les enseignes des baraques de vente d'alcool et de parfums, le "Fun Village Night Club".

« Des éclats de soleil ont dû laisser dans mes yeux une empreinte indélébile. La chaleur et l'humidité sont des évidences absolues. Je sens pour la première fois de ma vie que je pourrais rester indéfiniment immobile. Ici, contre le temps qui passe, dans cette fixité où m'ont rivé les enseignes au néon.

« Je rejoins mon père dans le hall de l'hôtel. Nous avons tous les deux très faim. Il me propose d'aller directement au restaurant. Nous y rencontrons un homme petit et trapu qu'il connaît bien : le délégué d'un autre pays. De Belgique je crois. Il nous demande de dîner à sa table. Nous acceptons. Il faut lui traduire le menu : il prétend ne pas parler anglais. Je comprends mal comment il est possible que le représentant d'un pays en mission ici ne parle pas l'anglais.

« Je suis la conversation de très loin. J'ai peu à peu l'esprit envahi par le souvenir de l'attentat de l'aéroport de Madrid qui a eu lieu hier. Mon père dort probablement les yeux ouverts. Le gros homme monologue :

« – Les sociétés primitives situaient leurs mythes dans le passé. Les rites, les fêtes et autres carnavals consistaient à retrouver pour un court moment l'état originel, chaotique, cet état de fusion totale avec la nature. Nous aussi, nous avons nos mythes... nos mythologies plutôt... Elles ont toujours les mêmes fonctions compensatrices, mais la principale différence, c'est qu'elles ne sont plus situées dans le passé. Elles sont directement associées à la consommation. Voyez-vous, ce qui est consommé, ce n'est pas le mythe lui-même, c'est sa forme symbolique, ce par quoi il divertit ou rassure. Bref, ce par quoi il comble le manque...

« – Oui certainement, répond mon père, sans avoir écouté une seule parole du gros homme.

« Je ne peux m'empêcher de penser à l'éventualité que l'organisation terroriste ait dit vrai. Les autorités auraient été averties du sabotage de l'aéroport de Madrid, mais elles n'auraient pas fait évacuer les lieux intentionnellement, afin que l'ampleur du carnage discréditât cette organisation.

« Je me lève brutalement.

« – Je vais faire un tour... Bonsoir, monsieur, ex-cusez-moi...

« – À tout à l'heure, me dit mon père.

« Je monte dans la chambre pour me changer et je redescends aussitôt. Je suis dans la rue quelques instants plus tard. Il fait sombre et lourd. Les mêmes gosses attendent toujours sur les capots des voitures. J'ai envie de faire l'amour. Je regarde les enseignes du "Fun Village Night Club". Puis je m'éloigne de l'hôtel.

« Je n'ai pas le temps d'aller loin. Une fille blonde qui promène un petit chien s'approche de moi et me demande :

« – Que hora es ?... What time is it ?...

« Elle a dix-sept ans. Elle est la fille d'un diplo-mate espagnol en poste au Pérou. Elle doit y re-tourner dans deux jours. Nous marchons long-temps, puis nous parlons, étendus sur le sable tiède de la plage. La nuit a une consistance épaisse.

« Nous nous caressons. Son slip est trempé. Nous faisons l'amour. Je jouis très vite. Nous res-tons enlacés, le sable colle à nos ventres. Puis elle se lève et me dit :

« – Nous nous reverrons peut-être... Au lobby de ton hôtel...

« Elle s'éloigne. Je regarde diminuer la tache du jean blanc qui moule ses fesses.

« Le lendemain matin, le téléphone sonne. Le concierge de l'hôtel est au bout du fil :

« – Mister Caine vous attend, Senor.

« – Qui ?... Attendez...

« J'appelle mon père qui se rase dans la salle de bains. Il prend le téléphone.

« Je ne parviens pas à comprendre ce que veut Alfredo, le secrétaire particulier du délégué mexicain milliardaire... Il me demande si je connais les boîtes de nuit de San Juan, le Bachelor, l'Abbey. J'élude ses questions. Marina, la fille du milliardaire, n'a pas l'autorisation de boire dans les réceptions de l'hôtel. Des loufiats passent avec des verres sur des plateaux d'argent :

« – Margherita, Senor ?

« Marina me suit souvent. Nous marchons jusqu'au patio. Les vieux délégués nous regardent nous éloigner avec des sourires complices. Ils ne sortent jamais de l'hôtel, sauf une fois peut-être, pour faire en voiture avec chauffeur le tour du fort d'El Moro. Certains éprouvent le besoin de s'apitoyer sur mon sort pensant probablement que je suis seul et perdu :

« – Demain j'inviterai la petite Portoricaine qui s'occupe de mes affaires personnelles. Joli sourire n'est-ce pas ? »

4

Sylvain ne savait plus très bien. Il avait écrit. Il avait roulé le long de la Seine vers le centre de la ville. Maintenant il tournait sur la file de gauche du boulevard périphérique, pied au plancher, dans des trombes d'eau. Le souvenir des nuits chaudes de Porto Rico lui échappa en un instant. Un courant glacial inonda son corps.

Le poids lourd fit deux embardées brutales, puis se mit en travers. Il rebondit une fois à droite contre la pile d'un pont, une fois à gauche contre le rail de sécurité, puis se coucha sur le côté en glissant sur le bitume.

Sylvain savait qu'il roulait beaucoup trop vite pour pouvoir arrêter sa voiture sur la chaussée trempée. Il commença à freiner, rétrograda en troisième, puis tira le frein à main d'un coup sec en braquant très vite de l'autre main. La voiture partit en tête-à-queue au milieu du boulevard périphérique. Il embraya et accéléra peu à peu. La voiture s'immobilisa sur la bande d'arrêt d'urgence, l'avant tourné vers les phares qui fonçaient sur la carcasse couchée du poids lourd. Une voiture s'encastra dessous. Sylvain reconnut une vieille Dauphine, décapitée, écrasée contre le ventre du camion. Derrière, les autres réussirent à s'arrêter. Un bouchon se formait. Une 504 arriva sans ralentir. Sylvain la voyait se rapprocher de la dernière voiture de la file prise au piège. Il vit le conducteur se retourner, avoir un regard de terreur et tenter d'ouvrir sa portière. L'homme ne fut pas assez rapide : la 504 percuta l'arrière de sa voiture qui prit feu en une seconde.

Une étrange lueur orangée éclairait le ciel sale et les visages des hommes et des femmes qui un à un sortaient des véhicules et regardaient le brasier. Un homme s'approcha de Sylvain :

– Vous avez vu quelque chose ?... La voiture sous le camion, c'est une quoi ?... Ma femme roulait devant moi avec mes deux filles... Une Dauphine, une vieille Dauphine verte...

Sylvain ne savait pas pourquoi il avait échoué chez Didier. Il le regardait caresser le corps nu de Tina qui ne bougeait pas, les yeux vides. Elle était à plus d'un gramme par jour. Didier avait perdu courage. Il avait mélangé les histoires folles qu'il avait entendues dans le restaurant où il travaillait. Fistfucking et godemichés géants dans des culs américains. Jusqu'à ce godemiché transparent contenant des ampoules électriques qu'un type s'était fait enfoncer. On avait branché le courant et son abdomen s'était illuminé de l'intérieur. Didier parlait de plus en plus du sang. La vue du sang qui donne envie de frapper. De frapper encore, plus fort. Il avait revu le vieux critique d'art qui allait chaque année en Toscane prendre des bains de crachats d'adolescents italiens dans une baignoire de cuivre pour lutter contre sa couperose.

Sylvain était vautré sur une grande table de mauvais bois posée sur des tréteaux. Devant lui, la lame d'un cran d'arrêt déchirait la lumière. À côté d'un dictionnaire, une petite glace de plastique faite dans le couvercle d'une boîte de cassette. Sur le plexiglas il restait encore pas mal de poudre blanche, et à côté il y avait un bout de paille à rayures rouges. Une de ces pailles articulées vendues avec les Coca-Cola dans les fast-food ou avec les glaces sophistiquées aux terrasses des Champs-Élysées.

Sylvain aspira la poudre. Il regardait Didier, nu lui aussi maintenant, sur le lit, le long de Tina. Mais c'est Thomas qu'il voyait. Son visage flottait dans la pièce comme depuis deux ans dans sa mémoire. Il prit un stylo sur la table. Pour la troisième fois de la nuit, il se mit à écrire :

« En avril, deux mois avant le voyage à Porto Rico, je me promène avec Carol rue Mouffetard. J'habite chez elle depuis que j'ai quitté Lille. J'ai déversé dans son studio de la rue Barrault ce que j'avais entassé dans ma voiture, à demi inconscient.

« Je ne travaille pas. Je ne fais rien. Je bois, et quand je suis ivre, je dis à Carol que des mains fouillent la chair de mes mollets, que des ongles grattent mes os. J'avale des Tranxène. Pour exorciser le démon qui traîne ses griffes sur mes membres, je me jette à genoux au pied d'un mur du studio et je fais glisser mes ongles sur le plâtre. J'y creuse des sillons et mes doigts saignent. Alors je me recroqueville secoué de rires et de pleurs. Puis je ne bouge plus. Carol s'approche, me traîne jusqu'au matelas de mousse posé sur le sol, et m'y allonge. Elle me déshabille avec des gestes lents, frôle mon corps du bout des doigts. Elle me caresse, puis fait glisser mon slip et s'accroupit sur moi. Elle décide de l'amour.

« Conscience dissoute, noir absolu. Sa chair humide aspire mes rires et mes larmes, les crissements des ongles sur mes os. Ma jouissance comme un éclatement lumineux, comme une tentative de quiétude. Chaque nouvelle fois, je crie plus fort que la précédente. De plus en plus fort. De moins en moins lucide. De plus en plus passif. Carol attend des câlins, ma tendresse. Mais je me tourne pour dormir.

« Je marche quelquefois autour de la pièce d'eau du parc Montsouris. Pia avait habité juste en face, rue Gazan. J'étais avec elle deux ans plus tôt, juste avant de rencontrer Carol. Pia m'avait éloigné d'elle brutalement. Je n'avais pas compris pourquoi. Je venais de l'apprendre quelques jours plus tôt. Sylvie m'avait appelé. Elle et Pia étaient très amies. Pia venait de mourir. Deux ans plus tôt, elle se savait condamnée. Elle avait écarté tous ses amis, sauf Sylvie, pour que personne ne sût rien de sa déchéance. La paralysie. Peu à peu. Les bras et les jambes, puis la bouche. Plus de paroles. Plus de sourires. Et la mort. Enfin.

« Depuis cet article pour la revue des élèves d'IIN, l'idée d'écrire me tenaille. J'ai sans cesse mal à la tête, et je suis incapable de me concentrer suffisamment pour suivre une idée ou la développer. Il me semble que j'avais eu, en écrivant, la sensation fugitive d'un soulagement.

« J'ai punaisé sur un mur du studio de la rue Barrault une grande feuille blanche. J'explique à Carol que je vais y écrire tout ce qui me passe par la tête. Mais il faut aussi que tout le monde y écrive. Elle. Les copains de passage.

« La feuille reste blanche. Carol n'est pas inspirée. Il passe peu de choses dans ma tête, et de moins en moins de monde rue Barrault. Un soir quand même, j'y inscris tout en haut une phrase qui restera sans suite. Carol la trouve belle. Les rares copains qui viennent nous voir ne la comprennent pas. La feuille se décroche un jour du mur et personne ne la ramasse.

« Enchaîner les rires et les larmes. Mémoire perdue dans la grisaille des journées qui s'abandonnent. Le dimanche à midi, nous partons en couple légitime déjeuner chez mes parents à Versailles.

« Blouson mauve, yeux maquillés et pantalon moulant. Mes parents me regardent comme un objet bizarre. Ma mère entraîne Carol dans la cuisine. Elles s'y enferment pour disserter autour du thème : vraiment il ne va pas bien en ce moment. Carol joue le jeu et me raconte les discussions après.

« À table, l'inévitable question revient. Mon père, glacial, laisse choir quelques mots :

« – Et maintenant que tu as arrêté l'école, qu'est-ce que tu vas faire ?

« Ou bien, variante teintée d'un mépris léger :

« – Tu vas traîner encore longtemps sans rien faire ?

« Période étrange dont je ne sais combien de temps elle va durer. J'ai l'impression d'ouvrir pour la première fois les yeux sur des plaies qui couvrent mon corps. Des blessures purulentes, découpées au rasoir par des années de jeunesse piétinée.

« Au coin de la rue de la Harpe et de la rue Saint-Séverin, un attroupement de badauds entoure un cracheur de feu. La beauté de l'homme est sombre et déplacée. Carol le regarde longuement. Il a des cheveux noirs et un visage d'Indien. Des épaules bronzées couvertes de dégoulinures de pétrole et de poussière.

« Nous entrons dans le cinéma. Le film s'appelle "Condamné Amour". La lumière s'éteint. Carol pose sa main sur mon genou. Elle remonte lentement le long de ma cuisse, jusqu'à ma braguette. Elle me caresse. Je commence à bander.

« – Qu'est-ce qui te prend ?

« – Laisse-toi faire.

« Elle serre ma bite à travers le tissu du blue-jean et me branle lentement. Puis de plus en plus vite. Elle sourit. Le générique se termine.

« La première image du film est comme la réalité soudaine, la matérialité de ces deux mots : diable blond. Un garçon titube, debout dans une barque qui se balance sur l'eau grise de la lagune de Venise.

« Ensuite, le visage de l'adolescent remplit tout l'écran.

« Les muscles de ses bras se dessinent quand il tire sur les rames.

« Il accoste le rivage de Torcello, amarre la barque et marche vers des herbes hautes.

« Sa silhouette instable diminue contre la forme de la Basilique.

« Une image. Juste une image fixée par une opération chimique sur une bande de celluloïd.

« Quelle fabrique aurait pu livrer ce regard, la cascade des cheveux blonds ?

« L'exact contraire d'une blondeur candide.

« Une bombe de lumière. Je ferme les yeux. Je plaque mes mains sur mes oreilles. Un cri sourd sort de ma bouche quand je jouis dans mon pantalon. Carol est surprise. Elle crie aussi. On se retourne vers nous. Le sperme coule entre mes cuisses.

« Dans la bouche, un goût étrange de fantasmes adolescents. L'odeur des sanitaires de lycées, l'eau glacée sur nos corps lisses. Vestiaires de clubs de sport. Douches rouillées geignant dans la pénombre. J'ai surpris Stéphane et Nono qui se touchaient dans une cabine de la piscine. Un coup de sifflet de l'arbitre. Jeff stoppé net en pleine course s'étale dans la boue. Crampons déchirant la chair d'un mollet. Le sang qui se mélange à la terre.

« Carol me chuchote à l'oreille :

« – Tu ne jouis pas si vite d'habitude.

« Thomas. C'est le nom de l'image sur l'écran. C'est le diable blond. Mon regard s'accroche à son visage. Désespérément. Se pose sur sa bouche. Je ne veux rien déchiffrer de son destin. Pas d'histoire, pas de continuité. Ma mémoire s'emballe, parcourt l'autoroute déserte de mon enfance. Aucun souvenir. Mais le goût d'un regret, diffus. Seuls, la couleur du sang, mince filet qui s'écoule de mon genou écorché sur la pierre rouge du chemin, les pins, les eucalyptus, le soleil. Le chemin est vide. Il faut rentrer jusqu'à la maison. Maman, maman, je saigne. J'ai mal. Je crie doucement et mon sang coule goutte à goutte sur la pierre.

« L'odeur de notre éjaculation, furtive, sous les douches rouillées. L'impression d'une erreur.

« La lumière de la salle se rallume. Où est ce visage ? Les spectateurs se lèvent. Où est ce visage ? Où est Thomas ? Carol me prend la main :

« – Tu viens...

« Dans le couloir de sortie, elle dit :

« – Si je rencontrais le minet blond du film, je crois que je me laisserais faire...

« Je la gifle à toute volée. Elle crie :

« – T'es dingue !

« Je la prends dans mes bras et je l'embrasse.

« – Excuse-moi.

« Mon slip colle à ma peau. Carol vient contre moi. Elle se frotte à mon corps.

« – Tu bandes petit cochon !

« Il fait nuit. Ce bruit des rues. J'ai besoin de calme. Le silence d'une lagune déserte. Nous retournons rue Barrault. Les quatre murs de la pièce s'approchent lentement. Ils vont m'écraser. Il y a du whisky dans le frigidaire et un fond de tube de Valium. Mais quand cesseront-ils ? Ces murs qui m'écrasent, les mains qui me tordent le ventre, ces ongles qui lacèrent mes muscles et grattent mes os.

« C'est la lumière. J'ai bouffé trop de lumière d'un coup. Je me recroqueville au pied du mur. Je crie. Je pleure. Qu'on me laisse la lumière d'un visage. Carol m'allonge. Caresses de ses mains. Je ne bougerai pas. Pas un geste. Je suis un enfant. Avant. Avant. Carol fait glisser mon slip le long de mes cuisses. L'odeur de mon sperme séché. Je ne bougerai pas. Je suis l'enfant, le corps lisse sur une plage lisse. Il y a longtemps. Le temps lisse de ma mémoire blanche.

« Carol va venir sur moi. Non, pas ce soir. Mon urine chaude s'étale sur mon ventre, coule sur les draps. Carol, à côté de moi, prend ma bite et me branle lentement. Une bombe de lumière. Retenir un visage. Retenir Thomas. Empêcher son effritement. Le temps doit garder la forme de sa bouche.

« Demain il faudra changer les draps. »

5

Des hurlements de klaxon réveillèrent Sylvain en sursaut. Il était écroulé sur son volant. Il leva la tête et regarda à travers le pare-brise la trouée de la rue de Rivoli vers le ciel gris. Il était presque huit heures du matin. Sa voiture arrêtée en double file créait un début d'embouteillage. Des automobilistes pressés s'énervaient.

Sylvain tourna la clé de contact, mais rien ne se produisit. Il sortit et fit le tour de la voiture. Il vit le capot et la calandre écrasés, les phares brisés. Il ne se souvenait de rien. Il était passé chez Didier, ça il se le rappelait, mais après plus rien. Il gara la voiture en la poussant à la main et partit téléphoner à un dépanneur. Les feuilles qu'il avait écrites pendant la nuit étaient posées sur le siège de droite.

L'ouverture automatique de la porte ne marchait pas. Sylvain ferma le poing et cogna plusieurs fois contre le volet en fer. À travers la porte vitrée du porche, il vit Bertrand sortir de son appartement et avancer pieds nus dans le hall. Il avait enfilé à la hâte un tee-shirt et un pantalon de toile kaki. Ses cheveux blancs étaient ébouriffés, dressés sur sa tête. Il avait les yeux pleins de sommeil. Il embrassa Sylvain au bord des lèvres. Il n'était pas rasé. Ses joues piquaient.

Ils entrèrent dans un grand appartement aux murs couverts de tableaux. Sylvain lança son blouson de cuir sur une chaise et alla directement jusqu'à la chambre de Bertrand. Ils ne s'étaient pas dit un mot. Sylvain enleva ses chaussures, ses chaussettes, son tee-shirt et son jean. Il était en slip et se regardait dans le grand miroir de la chambre. Il se touchait le ventre, se contorsionnait :

– J'ai vachement grossi hein ?

– Tu es répugnant... Absolument répugnant.

Sylvain enleva son slip et se glissa dans les draps. Bertrand s'assit au bord du lit doucement :

– J'ai rêvé de toi. Tu passais une nuit terrible. Une de ces nuits où l'on glisse vers le fond de la violence... De la boisson, de la drogue et du sexe. Une de ces nuits où des images introuvables te poursuivent inlassablement... À la fin de cette nuit, tu revenais dans ma maison. La tienne. Je t'attendais. J'étais assis à table, et tu venais t'asseoir toi aussi, sans un mot.

– Je vais écrire mon bouquin, Bertrand. Je m'y suis remis cette nuit.

Carol sortit de son appartement vers neuf heures. Elle portait un sac de voyage en cuir. Un taxi l'attendait au pied de l'immeuble. Elle se fit conduire à la gare de Lyon, acheta un billet de première classe pour Menton et alla boire un grand crème au buffet.

En début d'après-midi, Sylvain sortit de l'hôpital Saint-Louis, une enveloppe brune à la main. Il marcha au hasard, le long du canal Saint-Martin. Il arriva à la place Stalingrad. Il s'arrêta, leva les yeux vers l'enchevêtrement d'acier du métro aérien. Il avait faim.

Il déchira la grande enveloppe brune. Des résultats d'analyses effectuées par le service du professeur Meyer. Il posa les morceaux d'enveloppe avec les restes d'un hamburger et d'un verre de Coca-Cola. Il était assis à une table d'un fast-food décoré de matière plastique verte et blanche, inondé de lumière au néon. Il sourit vaguement. Il se leva et versa le contenu du plateau dans une des poubelles qui jalonnaient la salle. Quand il monta l'escalier pour quitter le restaurant, son image se refléta plusieurs fois dans les glaces ambrées qui couvraient les murs.

Dans le dossier poussiéreux que Sylvain avait retrouvé dans la cave de Carol, il y avait un recueil de poèmes : « L'Animal. » Parfois Sylvain l'entendait geindre. Il était persuadé d'être le seul à percevoir son cri, une sorte de larmoiement rauque de bête douce, traversé par instants des stridences de la nécessité aiguë de lécher le soleil.

Il fut étonné quand Bertrand lui téléphona pour lui dire que Louise Bareuil, responsable des Éditions Salviac-Cormant, voulait le rencontrer. Bertrand connaissait bien Louise. Il avait produit plusieurs films adaptés de livres qu'elle avait édités. Il lui avait demandé de lire « L'Animal ».

Sylvain entra dans le bureau de Louise Bareuil. Elle lui dit qu'elle ne publierait jamais « L'Animal ». Il voulut parler du cri rauque qu'il entendait. Il bafouilla. Louise lui dit qu'il avait du talent. Qu'elle voulait une histoire. Qu'il allait écrire un roman. Pour elle.

Cette femme avait ému Sylvain. Elle tenait bien en main son scalpel de chirurgien des mots, laissant de larges plaies béantes dans leur chair froide et inutile. Impuissance, désordre et paresse, souvenirs évanescents et futur improbable, il ne restait plus que le présent des nuits difficiles, quand l'automatisme des mots fait un faible écho à la plainte de cet animal brisé, leur chair salie couchée en travers du papier, comme un reflet de son corps immobile. Immobilisé sans amour.

Sylvain se leva :

– Vous aurez votre histoire.

Louise Bareuil était un diable. Il sortit de son bureau avec pour la première fois la certitude qu'il écrirait un roman.

6

Dean travaillait depuis six mois dans un bar du port de Menton. Il avait arrêté ses études. Il s'était acheté une moto avec sa paye de serveur. Il avait seize ans et demi. Son service se terminait. Il encaissa les additions des derniers clients qu'il avait servis puis alla se laver les mains, enfila un blouson, prit son casque intégral à la main, salua le patron et sortit du bar. Marie l'attendait dehors.

Ils s'embrassèrent longuement. Sur la moto, Marie se colla contre le dos de Dean, lui passa les bras autour du ventre, frotta son menton sur le cuir du blouson. Il démarra en trombe. Ils traversèrent la ville en slalomant entre les voitures. Dean s'appelait Pascal. Mais tout le monde ici lui donnait ce surnom.

Ils s'engagèrent sur la route en lacets qui monte vers le village de Sainte-Agnès. Dans les virages la béquille de la moto frottait sur le macadam. Des étincelles déchiraient le soir.

Le père de Carol prit l'addition, la recompta, sortit son carnet de chèques. Carol rêvassait. De la terrasse en surplomb du restaurant, elle regardait la montagne et la vallée disparaître dans la pénombre.

Elle sortit en tenant la main de sa mère. Ils marchèrent jusqu'à la place du village. Il y avait bal à Sainte-Agnès. Des couples dansaient sous des guirlandes électriques multicolores. Une moto passa près d'elle et s'arrêta un peu plus loin. Un garçon et une fille en descendirent. Le garçon enleva son casque intégral. Quand Carol vit le visage de Dean, elle eut l'impression de le connaître. Elle le trouva très beau. Elle avait vingt-six ans et Sylvain vingt-quatre. Mais elle aimait les garçons très jeunes, beaucoup plus jeunes qu'elle.

Dean et Marie dansaient un slow, collés l'un à l'autre. Carol regardait le cul du garçon. Ses parents finirent leur verre, se levèrent de table. Ils voulaient retourner à Roquebrune. Carol leur dit qu'elle restait. Elle se débrouillerait pour rentrer. Ils marchèrent vers leur voiture. Elle se souvint tout à coup : ce garçon ressemblait à l'acteur qui jouait le rôle de Thomas dans « Condamné Amour ». Elle voulait ce garçon.

Carol avait des copains d'enfance dans le bal. Elle se renseigna, apprit que le garçon s'appelait Dean et qu'il habitait Sainte-Agnès.

Elle attendit. Elle dansa. Elle le vit reconduire Marie en moto. Elle marcha jusqu'à l'entrée du village et s'assit au bord de la route. Quand il revint, elle l'arrêta. Ils firent l'amour dans la chambre de Dean. Directement sur le matelas : dans leurs mouvements ils avaient arraché les draps.

7

Sylvain entra dans la boulangerie et acheta deux croissants au beurre. Il dormait encore à moitié. Dans la rue, le soleil lui fit mal aux yeux. Un soleil de printemps. Métallique. Il ouvrit sa boîte à lettres, prit son courrier, remonta à pied jusqu'à l'appartement.

Sylvain but une gorgée de café, reposa la tasse et ouvrit une enveloppe. Dix lignes de la grosse écriture déliée de Carol : « C'est curieux... Quand je suis partie, ou plutôt quand j'ai fui dans le Midi, je n'avais en tête qu'une seule chose : t'écrire la lettre qui m'exorciserait de toi, de ce passé auquel je restais accrochée. Mes nuits étaient peuplées de cauchemars où sévissait ton image... Et puis... Miracle... Plus personne dans mes cauchemars et quelqu'un dans mes rêves. Je t'embrasse, p'tit lou. À bientôt. Carol. »

Le brouillard était de plus en plus dense. Il recouvrait tout le Morvan et la vallée de la Saône. Le soir tombait sur des noms de ville d'une irréalité transparente. L'autoroute du Sud comme un long ruban cotonneux jalonné du rouge et du jaune des feux des voitures.

Sylvain était allé voir un copain médecin pour qu'il lui donne des Captagon. L'autoroute, sinon, le faisait dormir. Il pensait souvent à Christophe, son cousin, qui s'était endormi et avait tué deux copains, éventrés par les tôles d'un rail de sécurité qui avaient traversé l'habitacle de sa 4L. Sylvain aimait l'effet des amphétamines. Raisonnement clair, précis, synthétique. Il organisait dans sa tête le plan de son roman : les prologues qu'il avait fait lire à Carol, les trois chapitres qu'il avait écrits dans la même nuit et qui contenaient les germes de la rupture : le dimanche après-midi sur le parking du campus de Lille, le voyage à Porto Rico, le visage de Thomas dans « Condamné Amour ». Il décida qu'il écrirait le livre à la troisième personne et qu'il devrait donc transformer ce qu'il avait déjà écrit, où il utilisait le « je ».

Il entra dans la Brasserie Georges de Lyon vers vingt-deux heures. Il aimait cette salle monumentale. Le maître d'hôtel prit la commande. Un garçon apporta un demi. Sylvain trempa ses lèvres dans la bière fraîche. Il but une longue gorgée, sortit un stylo de la poche de son blouson. Il commença à écrire sur la nappe en papier.

8

Sylvain sortit de la Brasserie Georges. Il monta dans sa voiture. Il roula vers l'entrée de l'autoroute. Mais il n'avait plus envie de conduire. Il fit demi-tour, retourna dans le centre de la ville.

Tous les hôtels de la place Carnot étaient complets. Il trouva une chambre un peu plus loin, à l'hôtel des Savoies.

Le Captagon était dissous dans ses veines. Il n'avait pas sommeil. Il alla marcher le long du quai Augagneur. Il se coucha tard. Il dormit très mal. Des voix fortes venues du garage mitoyen avec l'hôtel le réveillèrent tôt.

Sylvain roulait vite. Le mistral engouffré dans la trouée de l'autoroute du Sud avait chassé la brume et les nuages. Il faisait beau.

Carol s'était levée tard. Elle prenait son petit déjeuner sur la terrasse quand Sylvain arriva. Il était essoufflé. Il avait monté très vite les escaliers des ruelles de Roquebrune, ses bagages à la main.

Il l'embrassa. Elle était nue sous un peignoir. Sylvain sentait ses seins se gonfler contre son torse. Il avait envie d'elle. Il bandait. Ils firent l'amour debout, dehors, sur la terrasse. Il tenait les fesses de Carol dans ses mains.

Carol avait revu Dean. Elle avait recouché avec lui, dans la chambre de Sainte-Agnès, au bord du précipice. Elle lui avait parlé de Sylvain. Il voulait absolument le connaître.

Elle dit tout cela à Sylvain. Peu de temps après qu'ils eurent fait l'amour. Elle ne pouvait pas se retenir plus longtemps. Elle finit par dire :

– Tu te souviens de l'acteur qui jouait le rôle de Thomas dans « Condamné Amour » ?

Sylvain blanchit. Il dit :

– Oui... Angel Hope...

Carol dit :

– Dean lui ressemble... Enfin, moi je trouve qu'il lui ressemble.

Le soir, Carol et Sylvain descendirent à Menton. Ils allèrent dans le bar où Dean travaillait. Il ne les vit pas entrer, vint machinalement près d'eux pour prendre commande. Il vit Carol, tourna la tête et trouva le regard de Sylvain déjà posé sur lui. Dean sourit tout à coup. Il sourit à Sylvain comme s'il fondait. Sylvain commanda une bière.

Ils se retrouvèrent après le dîner. Prirent la voiture de Sylvain. Roulèrent jusqu'à la frontière italienne. Ils firent demi-tour devant les guérites des douaniers.

Ils s'arrêtaient dans tous les bars du front de mer encore ouverts. Cocktails exotiques, lumières orange, boissons bleutées, palmiers en plastique. Ils buvaient beaucoup.

Dean et Sylvain se tournaient autour selon des cercles de diamètres de plus en plus petits. Carol se sentait exclue. Elle ne disait rien. Elle souriait. Elle attendait.

Ils roulèrent dans des chemins de pierraille. Dean voulut conduire. Sylvain lui laissa le volant. Carol et Sylvain croisèrent leurs regards noircis par l'obscurité de l'habitacle. Ils avaient peur. Dean roulait vite et il était ivre. Mais ils avaient peur d'autre chose. Ils fumèrent des joints contre le flanc de la montagne rendue bleue par la nuit. Ils parlèrent encore de voyages. Et ils se décidèrent : ils partiraient cinq jours plus tard. Ils prendraient le bateau à Nice. Ils descendraient vers le sud.

Ils couchèrent à trois dans le même lit, dans la maison de Roquebrune. Carol et Sylvain étaient enlacés. Dean un peu à l'écart, du côté de Carol. Plus tard, elle sortit de l'étreinte de Sylvain, se laissa aller vers Dean, caressa la peau très douce de son torse.

Cinq jours plus tard, ils se retrouvèrent comme convenu dans le centre de Menton pour aller prendre le bateau à Nice.

Carol et Sylvain attendirent un moment près de la voiture. Puis Dean arriva en moto. Il n'était pas seul : il emmenait Marie avec eux. Il emmenait aussi sa moto.

9

Le garagiste s'appelait Copi. Il n'était pas du pays. Il proposa à Sylvain un minibus Volkswagen probablement racheté à un baba-cool qui n'avait pas eu de quoi payer son billet de retour. Des restes de décoration psychédélique ornaient la carrosserie. Sylvain acheta le minibus. Il le trouvait anachronique.

Carol, Dean et Marie marchaient dans le centre. Ils s'assirent à la terrasse du Café de Paris. Dean partit aux toilettes. Quand il revint, des regards suivirent la blondeur de ses cheveux. Carol aussi le regardait venir vers la table. À ce regard-là, Marie comprit que Carol avait fait l'amour avec lui.

Le bus sortit de la capitale, traversa les quartiers pauvres de la périphérie et s'engagea sur l'autoroute en construction, vers le sud. Ils dépassèrent Hammam-Lif. La moto de Dean était arrimée à l'arrière. Des gouttes de sueur roulaient sur la peau des quatre Français. Sylvain conduisait. Carol somnolait. À l'arrière, Dean et Marie flirtaient.

Ils s'arrêtèrent à quelques kilomètres de Nabeul, sur le littoral qui remonte au nord vers le Cap Bon. La plage était déserte. Dean sortit du bus en courant, éparpilla son short, son tee-shirt et son slip sur le sable et courut nu jusqu'à la mer. Sylvain, Carol et Marie le suivirent. Ils chahutèrent au bord de l'eau. Dean posa ses lèvres sur celles de Marie. Ils s'étreignirent. Sylvain les regardait. Il commençait à bander. Il vint derrière Carol, l'enlaça, pressa son sexe contre ses fesses. Puis il la retourna, et la pénétra brutalement. Ils avaient de l'eau au-dessus de la taille, mais peu à peu ils reculaient vers la plage. Ils s'allongèrent hors de l'eau, sur le sable mouillé. Ils roulèrent plusieurs fois sur eux-mêmes. Leur dos était couvert de sable. Dean jetait des coups d'œil vers eux. Près de lui, Marie avait les yeux baissés. Il entra dans l'eau et nagea très loin, vers le large.

Sylvain rejoignit Dean qui faisait la planche à deux cents mètres du bord. De la plage, Marie cherchait à les voir. Mais elle ne distinguait que deux points qui apparaissaient et disparaissaient au rythme de la houle. Elle marcha vers le minibus. Carol se rinçait à l'eau douce avec une douche portative. Sylvain et Dean nagèrent vers le rivage. Ils sortirent de l'eau et Sylvain passa son bras autour des épaules de Dean. Ils marchèrent lentement vers le chemin où était garé le bus. Le sable collait à leurs pieds et à leurs mollets. Dans la lumière de fin d'après-midi, leurs corps avaient des reflets rouges.

Le soir, ils allèrent à Nabeul. Ils se promenèrent dans les rues pleines de monde. Sylvain était de mauvaise humeur. Il détestait se sentir touriste. Il pensait qu'avec ses cheveux noirs et sa peau mate, s'il avait été seul, il serait passé inaperçu. Mais Dean était blond. Et surtout il y avait Carol et Marie, que tous les hommes regardaient avec des yeux chargés de désir.

Plus tard, dans la nuit, le minibus s'arrêta au bord d'une plage, près de l'endroit où l'après-midi ils s'étaient baignés. Sylvain marcha seul, le long de la frange blanche de l'écume éclairée par la lune. Il revint vers le bus, passa devant Carol sans dire un mot, et ouvrit la porte arrière. Il trouva Dean et Marie en train de faire l'amour. Dean se sépara de Marie et se tourna vers lui :

– Tu veux bien sortir s'il te plaît.

– Deux corps jeunes qui coulent lentement vers le fond du banal et de l'habituel...

Sylvain repoussa Carol et alla s'allonger un peu plus loin. Elle fouilla à l'avant du bus et revint avec un polaroïd à la main. Elle se planta devant lui et braqua l'appareil vers son visage. L'éclair du flash traversa la nuit. Sylvain grogna et se retourna. Carol alluma les phares du bus. Assise dans leur faisceau, elle regardait apparaître peu à peu les traits de Sylvain sur la photo polaroïd.

Le lendemain matin, Marie se réveilla la première. Elle sortit du bus et vit Sylvain endormi par terre. Elle alla prendre un bain. L'eau était encore fraîche. Quand elle revint près du bus, Sylvain était réveillé. Il s'excusa pour ce qu'il avait dit la veille. Ils prirent la moto et allèrent acheter du pain à Nabeul. Quand ils revinrent, Dean et Carol n'étaient toujours pas sortis du bus. Marie ouvrit la porte arrière sans faire de bruit et entra. Elle s'arrêta net. Dean était allongé sur le dos, entièrement nu. Carol était accroupie entre ses jambes, ses lèvres allaient et venaient sur le sexe tendu du garçon. Les longs cheveux noirs de Carol se balançaient sur le ventre lisse de Dean.

Marie hurla, éclata en sanglots. Elle courut vers le sable et la mer blanchis par le soleil qui montait. Elle passa devant Sylvain qui ne bougeait pas. Dean enfila un short, sauta hors du bus et courut derrière elle. Il la rattrapa au creux d'une dune, et ils basculèrent ensemble sur le sable.

Le visage de Marie contre le torse de Dean. Son corps agité de convulsions. Elle releva la tête, se calma un peu. Dean l'embrassa doucement, tendrement. Il caressa son visage mouillé de larmes. Elle le regardait fixement. Lui, était face au soleil qui l'aveuglait. Il cligna des yeux. Marie était tout à fait calme maintenant. Elle dit :

– C'est pour toi que j'ai peur, Dean.

Marie but la citronnade et tendit le verre au marchand ambulant. Elle marcha jusqu'au car. Dean lui tenait la main. De l'autre côté de la place, Carol et Sylvain les regardaient se fondre dans la cohue des gens du village qui attendaient le départ du car pour Tunis.

Marie s'arrêta devant la porte du car. Elle se blottit un moment contre le corps de Dean. Ils s'embrassèrent. Puis elle se détacha brusquement de lui et monta dans le car. Il resta longtemps sans bouger. Puis il fit le tour du car plusieurs fois, mais il ne réussit pas à apercevoir Marie. Les vitres du car étaient sales, rendues opaques par la poussière des pistes. Ou peut-être s'était-elle assise le long de la travée centrale ? Dean s'éloigna. Il traversa la place et marcha vers les silhouettes de Carol et Sylvain très blanches dans la lumière de midi.

10

Le minibus entra dans Kelibia en fin d'après-midi. La mer, au large du port, était inondée d'une lumière rougeâtre. Des hommes s'agitaient sur la jetée. Ils préparaient leurs bateaux pour la pêche aux lamparos de la nuit.

Dean et Sylvain marchaient côte à côte. Carol était devant eux. Dean regardait sa silhouette qui se déhanchait. Ils la rejoignirent au bout de la jetée, sous le phare qui marque l'entrée du port. Ils s'assirent sur un des blocs de béton jetés pêle-mêle qui forment l'enrochement de la digue et la protègent contre les vagues levées par le sirocco.

Carol passa un bras autour des épaules de Dean. Sylvain se leva et partit seul, sautant d'un bloc à l'autre. Sur la digue, un garçon venait vers lui, courant à moitié, d'une démarche saccadée. Sylvain s'arrêta et le regarda. Il avait environ dix-huit ans. Des boucles noires et longues tombaient sur son visage. Il portait seulement un short blanc déchiré. Son torse était très musclé. Quand il fut près de lui, Sylvain vit la longue cicatrice bleue qui creusait son mollet, de la cheville au genou. Le garçon se planta devant lui, essoufflé, et il se mit à lui parler, très vite, par gerbes de mots, comme s'il allait étouffer :

– Je m'appelle Monji... Vous êtes étranger n'est-ce pas ?... Emmenez-moi... Emmenez-moi avec vous... Ne me laissez pas, pas ici. Sinon j'en tuerai un... Le premier Libyen que je vois, je le tue, et je retournerai en prison... Je ne veux pas y retourner... Ils m'ont battu, branché des fils électriques sur les couilles... la police secrète est venue... Ils m'ont pissé dans la bouche, enfoncé des manches à balai dans le cul... J'habitais Zarzis, près de la frontière... Avec mon père, on a voulu passer là-bas. C'est un pays riche. Il paraît qu'il y a du travail. On est passés en bateau. Moi, j'avais pas de passeport, ils m'ont pris et ils m'ont emmené dans un camp d'entraînement... Il y avait d'autres Tunisiens dans le camp. Ils nous apprenaient à nous battre et à nous servir des armes... J'y suis resté six mois... Les gardes nous obligeaient à manger des crapauds vivants... Un jour un garde m'a donné son pistolet et il m'a dit en montrant un type : « Tue-le, il a désobéi. » C'était un frère, un garçon de mon pays. Je ne pouvais pas le tuer. J'ai refusé de tirer. Le garde a repris son pistolet. Il m'a tiré une balle dans la jambe... On ne m'a pas soigné. Trois jours après la gangrène avait pris ma jambe. Ils m'ont mis dans un avion et je me suis retrouvé dans un hôpital où tout le monde parlait italien... On m'a opéré et on m'a ramené au camp... Quand l'entraînement a été terminé, ils nous ont envoyés à Gafsa pour attaquer notre propre pays... Moi j'avais réussi à m'échapper, avant la frontière. Mais les douaniers ne m'ont pas cru. Ils étaient certains que j'étais un agent libyen... Ils m'ont foutu en prison... Vous me croyez hein ?... Vous me croyez ?... Maintenant il faut m'opérer tous les six mois... Quand la gangrène commence, elle s'arrête jamais, elle me bouffera la jambe. Vous me croyez ?... Je vous en supplie, emmenez-moi, ne me laissez pas... J'en tuerai un. Le premier que je vois, je l'étranglerai, avec mes mains nues, il pourra rien faire, même s'il est plus fort que moi... Rien... Je vous en supplie... Mon cousin aussi il a fait ça. Il était à Gafsa. Il était même au Tchad. Il est devenu fou... Vous le rencontrerez peut-être ce soir, dans le village... Vous me croyez, n'est-ce pas ?...

— Oui, je te crois.

Sylvain avait mal au ventre. À Paris, la peau de Monji perdrait sa couleur. Des boutons rosés envahiraient son visage. Il traînerait pendant des nuits entières sous les néons de Pigalle ou de Montparnasse, dans des boîtes de nuit enfumées où il croirait apprivoiser la liberté. Le froid arriverait, il pleuvrait sans cesse. Tout serait gris. Cette satanée poussière collerait à sa peau et une fatigue lancinante l'envahirait peu à peu. Un soir il se retrouverait seul sur un trottoir glacé.

11

Dean respira sur la peau de Carol les effluves lourds et sucrés de l'héliotrope. Elle en acheta un flacon. Elle acheta aussi du khôl. Le marchand lui montra comment l'étendre sur le bord de la paupière d'un geste sec, à l'aide d'un petit bâtonnet en os.

Ils quittèrent la fraîcheur des souks et franchirent la porte des remparts de la casbah. Ils avaient ce regard étrange et profond que donne la ligne noire du khôl au bord des paupières. Ils s'assirent à l'ombre, à la terrasse d'un café. Sylvain posa sur la table un carnet et un stylo. Dean lui demanda ce qu'il écrivait. Sylvain dit qu'il avait l'intention de faire un roman sur les derniers mois de la vie d'un garçon de vingt-cinq ans condamné par une maladie incurable.

Carol se leva. Elle entraîna Dean. Ils laissèrent Sylvain seul. Dean voulut faire un tour en moto. Carol monta derrière lui. Ils roulèrent dans le village, puis en sortirent. Dean accéléra. Ils fonçaient sur la piste. Le sable volait dans le sillage de la moto. Ils s'arrêtèrent. Sans le vent de la vitesse, la chaleur devint terrible.

– T'es dingue de rouler aussi vite.

– À Nice, la nuit, je passe les carrefours à fond, au feu rouge, en fermant les yeux.

Dean et Carol basculèrent dans le sable brûlant.

Sylvain retourna dans les souks. Il acheta un bracelet et une chaîne en argent. Il ressortit de la casbah et prit le minibus garé au pied des remparts. Il roula jusqu'à l'hôtel Continental. La clé n'était pas à la réception. Il monta à la chambre et entra. Carol et Dean étaient endormis sur le lit, enlacés, à moitié nus. Sylvain se déshabilla et se glissa à côté d'eux. Carol se réveilla. Elle l'embrassa, le caressa. Sylvain regardait Dean qui continuait à dormir. Il se releva, prit les cadeaux qu'il venait d'acheter dans la poche de son jean.

Il donna le bracelet à Carol et réveilla Dean pour lui passer la chaîne autour du cou. Ils s'allongèrent sur le lit.

Dean et Sylvain caressaient Carol. Sylvain laissa courir ses doigts sur le corps de Dean. Carol se raidit. Elle attira Sylvain contre elle. Dean s'assit au bord du lit et fuma une cigarette.

Sylvain s'était endormi. Carol s'approcha de Dean et commença à le caresser. Elle murmura :

– Quelquefois j'ai envie que tu crèves pour rester seule avec Sylvain.

Elle plaqua sa bouche sur celle du garçon, fit glisser le long de son corps ses lèvres entrouvertes. Dans la chambre mal climatisée, la chaleur laissait des traces luisantes sur les corps nus.

12

Ils mirent le minibus sur le bac qui dessert les îles Kerkenna. Ils débarquèrent à Sidi-Youssef. L'esplanade était grouillante de voitures, de familles qui venaient du continent ou voulaient s'y rendre. Quand le bac fut reparti, tout redevint calme, d'une immobilité pesante.

Une impression d'être au bout du monde. Sylvain fixait la ligne sombre du bitume de la route qui découpait la palmeraie et les deux grandes pancartes peintes aux couleurs délavées par le soleil : une publicité pour Coca-Cola et une autre où était inscrit « Bienvenue aux îles Kerkenna ». Il se mit à penser au Sertão qu'il ne connaissait pas et se dit que là-bas cette impression de confins du monde devait être la même. Sertão : la musique du mot libérait ses fantasmes.

Sylvain griffonna :

« La frontière entre la réalité dont j'aspire la substance et l'histoire que je raconte devient chaque jour un peu plus floue. Carol s'accroche à moi comme si elle voulait réinventer un amour desséché. Dean n'est-il pas vraiment amoureux d'elle ? Suis-je en train de tomber amoureux de lui ? Jusqu'où irons-nous ? »

Mais Sylvain se jouait une comédie : depuis qu'il avait rencontré Dean, il n'écrivait plus. Il ne se concentrait plus. D'un film oublié, il restait l'image de Thomas agrippée à son ventre. Et s'il réussissait à l'écarter, fugitivement, la chair de Dean était là pour renouveler le manque. Sylvain avait abandonné l'écriture de son livre.

Dean rejoignit Sylvain au café. Il s'assit à côté de lui. Sylvain envisageait le temps comme une structure lacunaire, une suite d'ellipses, une série d'émergences et de creusements. Il dit :

– T'as une drôle de gueule. T'as fumé ?

– J'ai trouvé des mecs qui avaient du kif.

Dean suivit des yeux une fille qui passait devant le café.

– T'as les mêmes yeux qu'elle... Elle est belle.

– Si j'étais habillé comme elle... Si j'étais maquillé comme elle, tu baiserais avec moi ?

– C'est toi qu'es stoned Sylvain !

Sylvain se leva brutalement. Il partit à pied sur la route, puis la quitta et s'engagea sur une piste de traverse.

Dean prit la moto et partit à la recherche de Sylvain. La chaleur était terrible. Sylvain se laissa tomber dans le sable. Un nuage de poussière se rapprochait de l'endroit où il était étendu. Dean vit Sylvain. Il s'arrêta près de lui et mit pied à terre.

– Qu'est-ce que tu fous ?... Viens... Allez viens...

Sylvain avait le visage contre le sol. Il leva la tête et regarda Dean. Il avait pleuré. Du sable collait à ses joues. Il se releva lentement, fit face à Dean :

– Va baiser Carol...

Sylvain hurla :

– Je voudrais que tu crèves avec ta putain de bécane, que tu t'écrases sur un mur... Faut vraiment être con pour se faire appeler « Dean ». Tu te prends pour quoi ? Une créature exceptionnelle ? Un chat sauvage ?

Sylvain pleurait. Il s'approcha de Dean et posa sa tête contre son épaule. Dean recula brutalement :

– Me touche pas !

Le poing de Sylvain partit très vite, dans le ventre de Dean qui se plia en deux. Il lui donna un coup de genou dans les couilles et un dans la figure. Dean tomba à terre. Il ne bougeait plus. Il avait du sang sur les lèvres. Sylvain enfourcha la moto et démarra en trombe.

Sylvain s'arrêta près du minibus. Carol dessinait. Il avait un air ironique et méchant :

– Heureusement qu'il y a l'art pour ne pas mourir de la vérité... Nietzsche !

– Où est Dean ?...

– K.O. la gueule en sang à la sortie du bled, et c'est pas moi qui irai le chercher.

Devant le grand café désert, un groupe de jeunes garçons regardaient Sylvain descendre de moto. Il entra, alla jusqu'au comptoir. Il était complètement déshydraté. Il but coup sur coup deux bouteilles de limonade Boga. Quand il ressortit, les garçons tournaient autour de la moto avec des yeux admiratifs. Sylvain mit le contact. Un garçon s'approcha et lui demanda de faire un tour. Sylvain lui fit signe de monter.

La moto quitta la route et s'enfonça dans la palmeraie. Ils s'arrêtèrent au bord d'une plage. Sylvain descendit de la selle et donna une cigarette au môme. Il sortit un billet de cinq cents dinars et lui montra :

– Combien pour me sucer ?

Le môme rigola :

– Je te nique... Mais je te suce pas... Je suce pas, ça c'est dégueulasse... Je te nique très bien.

Sylvain se mit à rire aussi. Il tendit le billet au môme et lui passa la main dans les cheveux. Ils remontèrent sur la moto et retournèrent au café. Sylvain emmena les gosses à l'intérieur. Il leur paya à boire.

Carol avait pris le minibus. Elle avait retrouvé Dean évanoui dans le sable. Elle l'avait ramené, avait soigné ses lèvres qui saignaient.

Sylvain vit passer le minibus en sortant du café. Carol était au volant et Dean avait appuyé la tête contre son épaule. Il avait enfoui son visage dans les cheveux longs de Carol. Ils roulaient vers l'embarcadère.

Sylvain approcha du bus arrêté au milieu de l'esplanade. Il mit la moto sur béquille. Dean était adossé à la carrosserie. La silhouette massive du bac apparut dans le chenal d'entrée du port. L'esplanade s'anima. Des 404 bâchées se garèrent à côté du bus. Des femmes chargées de sacs s'assirent au bord du quai. Un vent violent se mit brusquement à souffler. Le bourdonnement des voix fut peu à peu couvert. Il se perdit dans des tourbillons de sable et de poussière.

À Sfax, ils prirent une chambre dans un hôtel de luxe. Dean dragua une Allemande à la boîte de nuit de l'hôtel. Ils sortirent dans la nuit. Elle était belle. Ils flirtèrent un moment. Les caresses de la fille étaient précises. Dean ne réagissait pas. Il était contracté et passif. Il bredouilla quelques mots d'excuse en anglais et rentra à l'hôtel. Il monta dans la chambre de Carol et Sylvain. La porte était ouverte, il entra sans frapper. Il les trouva en train de faire l'amour, Sylvain à genoux sur le sol, Carol au bord du lit. Sylvain lui demanda de sortir. Son ton était cassant. Quand Dean fut parti, Carol dit à Sylvain :

– Je te retrouve un peu.

Dean traîna dans les couloirs de l'hôtel. Puis il sortit et marcha vers la médina. Dans la casbah, il finit par trouver la rue des bordels. Des files de garçons attendaient leur tour. Aux portes des maisons, des femmes décharnées contrôlaient les entrées. Dean marcha d'une porte à l'autre. Il cherchait à distinguer, au fond des pièces sombres, les visages des filles. L'une d'elles tourna ses yeux noirs vers lui. Il pensa que toute sa vie il se souviendrait de ce regard. Une impression qu'il ne pourrait jamais retrouver exactement, que rien n'aurait pu fixer : ni la photographie, ni le cinéma, ni les mots. Quelque chose comme : tu es jeune, tu es beau, tu es le témoin de ma déchéance, de ma fatigue et de ma misère, mais moi aussi j'ai été belle, avant. Si tu n'entres pas, je te regretterai toute ma vie, et si tu entres tu me rendras terriblement malheureuse, car tu ne m'aimeras pas, et moi je t'aime déjà. Dean se mêla à la file d'attente.

13

Ils traversèrent le pays dans sa largeur, d'est en ouest, par Triaga, Faïd et Sbeitla. Puis ils prirent la piste jusqu'à Kasserine. Dans un nuage de sable, la moto tournait comme une mouche autour du bus qui roulait à vive allure. Dean criait, faisait des gestes de victoire. Il lâchait le guidon, levait les bras au ciel.

Ils s'étaient arrêtés au bord de falaises qui surplombent l'oued El Hatab à sec. Le crépitement de la moto de Dean qui faisait des acrobaties dans la pierraille résonnait aux oreilles de Carol et Sylvain. Dean s'amusait à rouler au bord du précipice. Carol dit :

– Il est vraiment dingue ce môme... S'il se cassait la gueule au fond, tu le mettrais dans ton bouquin ?

– Tu cherches quoi Carol ?

– Et si moi je sautais dans le vide, tu en ferais un chapitre ?

Elle prit la main de Sylvain. Il se dégagea brutalement :

– Arrête de me suivre partout comme un clébard. Tu t'accroches, ça me dégoûte.

Carol se mit à hurler :

– T'as ce que tu veux. Ton petit psychodrame. Trois connards et le désert autour...

Sylvain s'éloigna. Carol continua à hurler, puis elle se jeta à plat ventre sur le sol. Elle sanglotait, le visage dans la terre. Dean s'approcha d'elle, descendit de moto et la prit dans ses bras. Sylvain regardait la scène de loin. Il marmonna :

– L'ange gardien... Tu parles d'un ange...

Ils burent beaucoup. Sylvain prit un petit paquet blanc sous la housse du siège. Ils se firent plusieurs lignes de cocaïne chacun. Une cassette des Doors défilait dans l'autoradio. La voix de Jim Morrison s'enfonçait dans la nuit :

Lost in a roman wilderness of pain
And all the children are insane
All the children are insane
Waiting for the summer rain...

Au milieu de la nuit, ils décidèrent de partir pour Gafsa. Dean voulut absolument conduire. Sylvain finit par lui laisser le volant. C'était une nuit sans lune et Dean roulait très vite. À une vingtaine de kilomètres de Gafsa, au détour d'un virage, ils se trouvèrent face à face avec un homme à vélo qui roulait au milieu de la route. Dean donna un coup de volant pour l'éviter. Le bus frôla l'homme. Il n'y eut pas de choc, mais le cycliste perdit l'équilibre et tomba. Il ne se releva pas.

Carol cria. Sylvain était furieux. Dean dit :

– Putain la vieille trouille !... On l'a pas touché mais c'était juste.

– Fais demi-tour, il faut aller voir s'il a rien.

– Merde ! Je te dis qu'on l'a pas touché !... Qu'est-ce qu'il foutait là ce type tout seul en pleine nuit ?...

Sylvain ne dit plus rien. De nouveau Dean accéléra. Il conduisait de plus en plus vite. Il rata un virage et freina à mort. Les roues se bloquèrent, les pneus hurlèrent. Le bus s'immobilisa au bord du fossé. Dean était à moitié inconscient. Sylvain l'attrapa par les épaules et le fit changer de place. Il prit le volant et gara le bus un peu plus loin.

Ils se couchèrent. Dean et Sylvain s'endormirent très vite. Entre eux deux, Carol n'arrivait pas à trouver le sommeil. Elle se releva, fourra quelques affaires dans un sac et descendit du bus. Elle commença à marcher sur la route. Un transporteur la prit à bord de son camion. C'était le début blême de l'aube.

Elle avait laissé un mot pour Sylvain qu'il lut plus tard, en se réveillant : « J'en ai vraiment marre d'être le vieux jouet qui a trop servi. Carol. »

Le transporteur déposa Carol à Gafsa. Elle prit une chambre d'hôtel. En voyant qu'elle était française, le concierge lui dit qu'il y avait en ville un bar-restaurant tenu par un Français.

Le soir, Carol se changea. Elle se maquilla et mit une robe provocante. Elle sortit. Dans la rue, les hommes la regardaient. Elle entra dans le bar français et alla directement voir le patron :

– C'est mon anniversaire. Je suis seule et je veux m'amuser. Vous avez du champagne ?...

Le patron avait mis en marche un vieux juke-box qui crachait de la variété française des années soixante. Elle s'assit à la table d'un garçon seul d'une vingtaine d'années. Il était beau. Ils engagèrent la conversation. Il s'appelait Raouf. Plus tard, ils sortirent ensemble du bar. Carol avait beaucoup bu.

Sylvain et Dean étaient arrivés en ville. Ils cherchaient Carol. À la terrasse d'un café, un garçon les aborda. Il parlait un français appliqué :

– Bonsoir, je m'appelle Selim... Vous cherchez la femme française, n'est-ce pas ?... Elle est avec Raouf... Ce n'est pas bien. Raouf est un voleur... Un gigolo... Venez, je vais vous conduire à son hôtel...

Dean et Sylvain suivirent Selim qui n'avait pas cessé de parler :

– Vous savez, je connais bien les auteurs européens : Marx, Hegel, Camus, Sartre... Pour moi il
n'y a qu'une alternative : la révolution totale... Est-
ce que vous savez que le Pepsi-Cola est un produit
de propagande israélien. Les initiales signifient :
Pour l'Encouragement du Peuple Sioniste Contre
l'Organisation de Libération Arabe...

Dans la casbah, Raouf rencontra ses copains.
Ils entraînèrent Carol jusqu'à la piscine romaine.
Il se déshabilla et plongea dans le bassin en
contrebas, une dizaine de mètres en dessous du
niveau de la rue. Les copains de Raouf se mirent à
l'eau après lui. Carol descendit par les escaliers.
Elle regardait leurs corps musclés dans l'eau scin-
tillante. Les cris de joie des garçons contrastaient
avec une menace diffuse qui émanait du lieu en-
caissé.

La piscine communiquait avec les bains pu-
blics. Raouf y emmena Carol. Il fit glisser sa robe
avec des gestes très doux. Il l'entraîna sous une
arche où l'eau tiède perpétuellement renouvelée
leur arrivait à la taille. Ils firent l'amour longtemps. Clapotis de l'eau... Corps luisants des garçons assis sur la pierre de l'allée... Lumière ocrée
qui imprégnait la peau de Carol... Des ombres
profondes qui se dessinaient sur les murs... Le
temps semblait s'être arrêté à un siècle ancien.

Plus tard, Carol tendit un billet à Raouf qui refusa :

– Pas avec toi.

Elle retourna à son hôtel. Elle tenait Raouf par la main. Sa robe collait à sa peau mouillée. Elle entra avec lui dans le hall. Sylvain et Dean y étaient assis. Ils l'attendaient. Le concierge se jeta sur Raouf :

– Fous le camp Raouf, tu n'as pas le droit d'entrer ici !

– Je suis avec elle, me touche pas...

– Tu n'as pas le droit !... Sors !

Le concierge le repoussa. Raouf ne se défendit pas. Il sortit de l'hôtel en regardant Carol. Elle, ne regardait que Sylvain.

Carol et Sylvain s'étendirent sur le lit. Elle était étrangement calme :

– C'était mon anniversaire ce soir... Tu m'aimes ?... Dis-moi que tu m'aimes...

Dean entra dans la chambre. Sylvain s'accroupit sur le lit. Il regarda Dean, puis Carol, puis Dean de nouveau :

– Oui... Je t'aime...

Carol se redressa brutalement. Elle vit les yeux de Sylvain fixés sur Dean. Elle cria :

– Fous le camp ! T'entends ?... Fous le camp salaud !

Elle ne se calma que quand Sylvain la prit dans ses bras. Elle s'endormit contre lui.

Il était presque midi. Sylvain réglait la note d'hôtel. Le patron, la veille très affable, était froid.

Sylvain rejoignit Dean et Carol dehors. Ils marchèrent vers l'endroit où était garé le minibus.

Un homme était appuyé contre la carrosserie. Selim était avec lui. D'autres hommes, immobiles autour du minibus, regardaient Carol, Dean et Sylvain. Selim prit la parole. Il désigna l'homme appuyé contre le bus et s'adressa à Sylvain dans son français appliqué :

– Ali a un très bon ami qui s'appelle Nessim... Nessim a une femme et huit enfants... Avant-hier dans la nuit, il revenait en vélo de chez un cousin. Un minibus l'a fait tomber. Il s'est fait une mauvaise fracture. On ne sait pas s'il pourra remarcher un jour. Il ne peut plus travailler... Comment nourrira-t-il sa famille ?... Ton bus vaut beaucoup d'argent... Ta moto aussi... Nous allons vous conduire à l'arrêt des cars. Il y en a un qui part bientôt pour la capitale...

Une escorte conduisit Sylvain, Dean et Carol à l'arrêt des cars. La chaleur était accablante.

14

De la terrasse du Café de Chabane, on apercevait les lumières de la capitale. C'était l'heure d'af-
fluence. Après le dîner, des gens aisés et des intel-
lectuels venaient ici se promener et boire un thé à
la menthe.

Sylvain et Carol étaient assis sur le muret de
pierre blanche qui borde la terrasse. Dean était
face à eux sur un tabouret bas. Carol semblait
épuisée, à bout de nerfs. Elle se passait sans cesse
la main dans les cheveux et les ramenait en natte
devant son épaule. Elle demanda à Sylvain de rentrer en France. Il dit qu'il avait encore besoin de
quelques jours pour achever dans le pays une première version de son roman. En face d'eux, Dean
faisait semblant de ne pas entendre. Il collait un
brin de jasmin contre ses narines et respirait de
longues bouffées de parfum lourd.

Ils descendirent à flanc de colline, par les escaliers, vers la mer. Ils marchèrent sur l'esplanade

qui longe le port de plaisance en construction. Des engins de chantier faisaient des taches rouges et jaunes sur le gris fantomatique des jetées.

Ils suivirent la plage jusqu'à l'hôtel Amilcar, à l'entrée de Carthage. Carol dit qu'elle voulait aller dormir. Sylvain n'avait pas sommeil. Il remonta avec Dean vers la gare du TGM qui dessert la banlieue nord-est de la capitale. Le train traverse le lac aux odeurs fétides. Il relie le grouillement populaire du port de commerce de La Goulette au calme résidentiel de La Marsa.

Carol s'arrêta. La lune éclairait l'eau de la piscine et les mosaïques bleues. Par les baies vitrées du bar, elle apercevait des silhouettes d'hommes, de dos, penchés sur le comptoir, et d'autres en djellabas blanches, assis sur des fauteuils mous et verts.

Elle entra dans l'hôtel. Elle prit la clé de la chambre à la réception. Elle oublia sa fatigue. Elle avait peur et sa peur se transformait en lassitude. Elle sentait Sylvain glisser loin d'elle. Son regard ne la fixait plus comme avant. Un djinn du désert l'avait pénétré, saisi, rendu intangible. Il se concentrait sur l'écriture d'un livre dont elle ne savait rien sauf que Sylvain mentait chaque fois qu'il en parlait. Elle commençait à douter que ce roman existât. Apparemment Sylvain était déterminé. Mais elle le sentait liquéfié par une douleur lancinante, plus écorché encore qu'elle ne l'avait jamais connu. Elle ne comprenait pas. Ce qu'elle

imaginait comme source de son désespoir lui
semblait trop simple. Trop enfantin.

Carol poussa la porte vitrée et entra dans le bar.
Elle marcha jusqu'au comptoir et s'assit sur un tabouret haut et pivotant. À sa droite, un homme se
retourna. Il avait environ quarante ans. Il était assez beau, très élégant. Son regard clair plongea
dans les yeux de Carol. Il se présenta.

Sylvain et Dean avaient pris le TGM. Ils étaient
descendus dans le centre et avaient remonté l'avenue Habib-Bourguiba. Avant l'entrée des souks, ils
avaient tourné à gauche et s'étaient enfoncés dans
des rues sales.

Ils trouvèrent des bars aux murs clairs, verts ou
bleus, baignés de néons, où l'on vendait de l'alcool. Des bouteilles de Celtia s'alignaient sur leur
table. Et, plus tard, quand ils furent ivres, Sylvain
regarda le visage de Dean et le vit soudain comme
un ange égaré, un chat haret capturé et retenu prisonnier dans la fumée et le bruit des voix. Des
larmes coulèrent sur ses joues et il se prit la tête
dans les mains, riva ses yeux aux nervures du formica de la table.

L'homme, à côté de Carol, s'appelait Bernard
Malandat. Il était attaché culturel à l'ambassade
de France. Il savait se servir de son charme. Il invita Carol dans sa maison des hauteurs de Sidi-
Bou-Saïd. Elle parla de Sylvain et refusa l'invita-
tion pour le soir même. Bernard Malandat lui dit

qu'elle pourrait venir à l'occasion d'une fête qu'il allait donner quelques jours plus tard. Dean et Sylvain seraient évidemment les bienvenus. Il lui laissa son adresse, lui offrit un dernier verre et sortit.

Carol l'accompagna jusqu'à sa voiture. Au moment où il allait s'asseoir au volant, elle posa ses deux mains sur son cou et l'obligea à se relever. Elle l'embrassa sur la bouche.

15

Le luxe de la maison de Bernard Malandat, la douceur des jardins et les baignades dans la piscine nourrirent l'illusion d'une trêve. Carol, Dean et Sylvain s'installèrent dans la propriété deux jours avant la fête. Carol avait revu Bernard au bar de l'hôtel Amilcar et l'avait présenté à Sylvain. Dean, d'abord, n'avait pas voulu venir. Sylvain avait insisté. Dean avait fini par accepter.

Sylvain écrivait au bord de la piscine. Par instants, il levait les yeux de la feuille blanche, laiteuse de soleil, traversée de son écriture irrégulière, et les posait sur le corps jeune de Dean qui glissait dans l'eau. Lécher sur la peau imberbe de son torse les gouttelettes brillantes qui s'écrasaient sur les mosaïques délavées par le soleil et le frottement des pieds nus.

Du haut de la colline, la maison de Bernard Malandat dominait la baie. Carol regardait vers le large, vers l'est. Elle imaginait, dans la brume de chaleur, une côte en forme de pain de sucre, et elle se demandait si elle était victime d'illusions d'optique ou si elle apercevait vraiment Zembra, l'île militaire. Le ciel et l'horizon s'embrouillaient. Comme ses propres pensées, opalines et incohérentes, traversées seulement par une nostalgie douloureuse et la prescience d'une catastrophe.

Bernard Malandat fit quelques brèves apparitions. On l'entendait donner des ordres pour les préparatifs de la fête. Dans l'enceinte de la maison, c'était un autre monde. Loin des flots de touristes rouges et gluants de crème solaire qui visitaient le village. Loin des cris des gosses en haillons du Kram qui jouent sous les murs de protection de la voie ferrée. Sylvain haïssait Malandat. Cette maison. La communauté française veule et refermée sur elle-même. Il avait envie de vomir. Il aurait voulu ne plus jamais se sentir touriste, nulle part. Voyager seul. Plonger dans l'inattendu, de la comédie au drame, sans le moindre étonnement. Ou peut-être voyager avec Dean. Car Sylvain s'était peu à peu persuadé que, malgré la blondeur de ses cheveux, Dean était un ange noir.

16

Les premiers invités de Bernard Malandat arrivèrent peu à peu. Vers dix-neuf heures, la fine fleur de la communauté française locale, quelques ressortissants d'autres nationalités, et des personnalités proches du gouvernement étaient réunis dans les jardins de la villa. Ils goûtaient ces minutes privilégiées, entre la chaleur lourde de l'après-midi et la fraîcheur du soir.

Des femmes glissaient le long des allées et au bord de la piscine. Certaines, plus jeunes, plus belles, plus maquillées, se déhanchaient exagérément. Elles n'accompagnaient personne.

Un garçon blond d'environ vingt-cinq ans suivit l'allée principale jusqu'à la piscine. Il était petit et gras. Il promenait ses yeux bleu pâle sur l'assistance. Il marcha vers Bernard Malandat et le salua. Quand il se retourna, Sylvain lui faisait face et s'approchait. Le garçon eut un regard effrayé, fit un pas en arrière et questionna Malandat :

– Il est du lycée ?

Malandat fit non de la tête et regarda Sylvain avec une expression amusée. Le garçon s'était enfui.

– Francis enseigne les mathématiques au lycée français de La Marsa. Vous lui avez fait très peur... Vos cheveux noirs et votre peau mate, sans doute... Il a dû vous prendre pour un des élèves indigènes qui veulent lui faire la peau...

Le regard très clair de Malandat se posa plus loin, sur les hanches de Carol qui avançait vers eux.

Adrien avait un faciès de buffle. Il se vautrait sur la table et comparait les mises en scène de « La Cerisaie » de Peter Brook et de Georgio Strehler. Il était professeur de français au même lycée que Francis et s'occupait d'une troupe de théâtre. Il était assis en face de Sylvain et cherchait à le rendre complice de ses sous-entendus.

Sylvain but encore. Il dit qu'il allait partir le lendemain dans le désert. Il croisa le regard éteint de Dean, à l'autre bout de la table, vers qui se penchait le visage mince et un peu marqué d'une belle femme brune qui portait le prénom d'une héroïne de Durrell : Justine.

Des images s'échappaient de la bouche de Sylvain. Carol avait peur. D'où tirait-il ses paroles ? Assis sur un banc d'une gare, le soleil doux d'une fin d'après-midi orangée dans les yeux. L'attente d'un train, et le lendemain les villages qui bordent le désert et qui portent des noms de bout du monde. Le quai de la gare se remplit, devient grouillant. Sur la voie ferrée des hommes serrent des boulons et déplacent lentement des poutres d'acier. Un employé de la gare, soudain volubile, explique comment, au cours d'un voyage en TEE, la solidarité entre cheminots l'a tiré d'un mauvais pas. Une pointe qui avance sur la mer porte le curieux bâtiment en forme de navire d'un night-club désaffecté. Un gosse appelle. Il bégaye, confond. Il voudrait que quelqu'un lui rapporte une radiocassette de Turquie qu'il croit être le Maroc. Et la mer se brise, au bout de la pointe, en morceaux d'écume grise.

Les invités s'étaient levés de table. L'homme au visage de buffle était venu s'asseoir à côté de Sylvain. Dean passa devant eux. L'homme suivit des yeux le cul du garçon moulé dans un blue-jean blanc. Justine marchait derrière Dean. Elle le rattrapa sur la terrasse, posa la main sur son épaule. Il s'arrêta, se retourna. Justine plaqua ses lèvres sur celles de Dean et sa main glissa sur la braguette du garçon.

Sylvain avait quitté la table. Le gros homme regardait toujours Dean et Justine. Bernard Malandat rejoignit Sylvain dans le salon où des invités s'étaient assis sur des sofas et des gros coussins de cuir bariolés posés à même le sol. Il lui parla sur un ton de confidences :

– Je vois que vous avez sympathisé avec Adrien. Il est drôle et intelligent, mais c'est un homosexuel célèbre ici... Vous devriez dire au petit de faire attention à son cul ! Adrien s'est tapé tous les gosses de la ville... La sensualité vampire de la misère...

Bernard Malandat mit en marche l'amplificateur, prit la basse électrique sur son support et s'assit. Les invités se turent peu à peu. Malandat ouvrit le « Real Book » de l'école de jazz de Berklee et annonça un morceau de Mingus. Sylvain trouva que ses mots sonnaient faux. Il jouait scolairement, accompagné par deux Américains. Une longue mèche blanche battait sur le front du guitariste et cachait par moments ses yeux vitreux d'alcoolique. Les Américains jouaient avec la mélancolie des espoirs de jeunesse déçus et des idées de gloire jamais avouées. Mais rien n'entamait la complaisance froide du jeu de Malandat. Carol avait laissé glisser sa tête sur l'épaule de Sylvain. Dean caressait les seins de Justine et Sylvain le regardait. Adrien applaudit bruyamment. Il soutenait avec enthousiasme ce jazz mécanique. Malandat annonça un morceau de Charlie Parker. Sylvain pensa à la nouvelle de Cortazar où Parker s'appelait Carter... La fin de sa vie, éthylique et délirante. Chaque mot transpirait une chaleur moite, humide, tendre et désespérée. Charlie « The Bird ». L'oiseau. Malandat n'avait rien compris.

La soirée coulait comme un ruban de mercure échappé d'un flacon brisé. L'alcool était plus lourd. L'air était tiède. Des grappes de gens se frôlaient. Les conversations éclataient en lambeaux. La rigidité mondaine s'affaissait peu à peu pour laisser place à une sensualité oppressante.

Justine s'en alla brusquement. Elle laissa Dean seul. Les lumières avaient baissé. Dans la pénombre, des couples faisaient l'amour, affalés sur des divans et des coussins.

Dean vomit dans les chiottes. Il entra dans une chambre et se laissa tomber sur le lit. Sylvain entra dans une salle de bains. Il se passa de l'eau sur le visage. Il fouilla machinalement dans des produits de maquillage posés sous le miroir. Il se mit du rouge aux lèvres et du khôl sur les paupières.

Sylvain marchait dans des couloirs. Il poussa une porte au hasard et entra dans la chambre où Dean s'était endormi. Il se déshabilla lentement, s'approcha de lui, et ouvrit sa braguette.

Dean se réveilla. Sylvain le suçait. L'alcool nageait dans la tête de Dean. Les lèvres d'un garçon sur sa queue... Il souriait. Sylvain s'allongea à côté de lui. Dean passa un doigt sur les lèvres de Sylvain :

– Y a pas besoin de ça.

Dean prit un coin du drap pour enlever le maquillage sur la bouche et les yeux de Sylvain. Il bandait. Sa bite jaillissait de la braguette ouverte du jean blanc. Il retourna Sylvain sur le ventre, s'allongea sur lui et le baisa violemment. Sylvain se fit jouir avec la main. Un peu avant, la porte s'était entrouverte : Carol regardait les deux garçons. Ils ne la voyaient pas.

Carol rejoignit Bernard Malandat au salon. Elle lui prit la main. Il dit :

– Tu as réfléchi ?

17

Bernard Malandat et Carol s'étaient levés les premiers. Ils prenaient leur petit déjeuner face à face. La terrasse était inondée de soleil.

Dean fixait le plafond. Il enleva le bras de Sylvain qui reposait sur son ventre. Il s'assit au bord du lit. Sylvain grogna vaguement. Dean regardait les cheveux noirs étalés sur l'oreiller et la peau plus claire sur les fesses, à l'endroit du slip.

Quelques couples dormaient encore sur les coussins du salon. Éblouie par le soleil, Carol voyait des silhouettes à moitié nues d'hommes et de femmes qui traversaient la pénombre de la pièce. Dean passa la porte-fenêtre. Il était torse nu. La ceinture de son jean blanc n'était pas boutonnée. Il marcha jusqu'à la table. Il serra la main de Malandat et embrassa Carol. Malandat lui proposa de boire un café. Dean s'assit à côté de lui. Il avait les cheveux ébouriffés et les yeux gonflés. Il dit :

– J'ai mal à la tête.

Carol lui tendit un pot rempli de café noir.

Dean étalait de la confiture de figues sur une tranche de pain grillé. Carol reposa sa tasse. Elle dit :

– Sylvain t'a menti. Il dit qu'il écrit mais il n'a jamais été foutu de raconter une histoire. Il n'a écrit que des poèmes dont personne n'a jamais voulu à part des revues obscures de Toulouse ou de Clermont-Ferrand.

Malandat alluma une Dunhill. Il en proposa une à Carol qui refusa. Dean avait les yeux très rouges et un air de chien trahi. Carol dit :

– Tu lui sers de cobaye. Il te suce. Cette fois il tient son histoire. Tu comprends pourquoi tu fais partie du voyage ? Le sujet de son livre, c'est toi...

Carol s'était levée. Dean ne réagissait pas. Elle cria :

– Viens ! Viens lire !

Elle fouilla dans le sac de Sylvain et en sortit une chemise cartonnée remplie de feuilles manuscrites. Elle les tendit à Dean :

– Lis !

Dean fit signe que non.

Sylvain se réveilla plus tard. Quand il arriva sur la terrasse, plusieurs invités de Malandat étaient assis à table et prenaient leur petit déjeuner.

Sylvain descendit dans le jardin. Carol était nue dans la piscine. Il lui dit :

– Où est Dean ?

Elle ne répondit pas, nagea jusqu'à l'échelle et sortit du bassin. Il était immobile, ses pieds figés sur les carreaux de mosaïque bleue. Elle vint jusqu'à lui. L'eau dégoulinait sur son corps. Sylvain commençait à bander. Elle se plaqua contre lui et passa les bras autour de ses reins. Elle l'embrassa. Il referma les mains sur les fesses de Carol et serra très fort. Il la tirait contre lui. Il dit de nouveau, mais très doucement :

– Où est Dean ?

18

Il y avait ce soleil. Des images obsédantes de Carol et de Sylvain. De leurs corps, de leurs mots, de leurs caresses. Le vent soulevait le sable qui brûlait les yeux de Dean. Il avait beaucoup pleuré. Les vagues se brisaient sur les blocs de béton de l'enrochement du quai. Des gouttes salées giclaient jusqu'à son visage. Il regardait les vedettes rapides de l'armée, grises, immobiles, sans âge. Trois appelés se mirent au garde-à-vous sous un mât blanc. Un quatrième amena les couleurs sous les yeux d'un officier. Le soleil se couchait. Dean était livré pieds et poings liés au ventre ouvert de la ville, à l'appel lancinant du désert.

Une Golf GTI décapotable s'arrêta le nez contre la digue. Dean entendit le ronflement du moteur et tourna la tête. Au volant la fille avait des cheveux longs, bouclés, très noirs. Elle le regardait. Elle lui sourit et lui fit signe de venir. Dean se leva,

sauta sur le quai et marcha vers elle. Elle sortit de
la voiture et claqua la portière. L'autoradio à cassettes marchait toujours. Un tube de Donna Summer s'enfuyait dans le vent.

– Bonsoir.
– Salut.
– Comment tu t'appelles ?
– Dean...
– Je m'appelle Radhia.

Ils montèrent dans la voiture et roulèrent le
long de la mer. La nuit était tombée. Radhia
conduisait vite. Il faisait frais. Ils remirent la capote.

Elle invita Dean à dîner dans un restaurant de
luxe des souks, proche de bâtiments ministériels.
Un orchestre jouait de la musique égyptienne. Autour d'eux des hommes d'affaires dînaient avec
des Européens. Leurs femmes portaient des robes
aux couleurs vives. Elles étaient très maquillées.

Radhia vivait à El Mensah, le quartier résidentiel de Tunis. Elle louait une maison aux grandes
pièces hautes et blanches, presque sans meubles.
Elle était dentiste et avait fait ses études à
Bruxelles. Elle était revenue dans son pays pour
exercer sa profession. Par défi. Contre sa famille,
ses anciens amis, les habitudes d'une société où
les femmes ne font pas ce métier. Elle avait ins-
tallé son cabinet dans une aile de la maison. Les

débuts avaient été difficiles, mais maintenant elle avait une clientèle régulière. Elle avait de l'argent. Elle avait gagné son pari.

Mais elle s'ennuyait. Elle sortait dans les nightclubs des grands hôtels internationaux, jouait au tennis avec des coopérants ou des fils de ministres, consommait de l'essence avec sa voiture noire qui faisait rêver les gosses des faubourgs. Elle méprisait malgré elle la majorité des gens de son pays qu'elle disait incultes, pauvres, enfermés dans des principes religieux absurdes. Elle rêvait des capitales européennes, Bruxelles, Londres, Paris, Amsterdam, des galeries marchandes de luxe, des vitrines éclatantes de lumière, de chaussures et de vêtements très chers.

Dean parla de Malandat et de son bref séjour chez lui. Radhia le connaissait bien. Avait-elle été sa maîtresse ? Elle était belle. Des fesses et des seins lourds. Elle savait comment ça allait finir pour elle. Elle revendrait à un confrère son matériel médical tout neuf importé du Japon. Et puis elle partirait avec un homme. De sa race, beau et cultivé, mais plus âgé qu'elle, qui aurait une grosse situation dans le prêt-à-porter. Ils s'installeraient à Paris dans un grand appartement un peu sombre. Elle l'épouserait. Il serait très peu là, et elle verrait de moins en moins de gens. Elle vieillirait en grossissant.

Dean était allongé sur un épais tapis de laine écrue. Il buvait lentement un coca-whisky. Il avait allumé la chaîne stéréo et mis un disque. David Bowie chantait « Heroes ». Radhia entra et s'allongea près de lui. Ils parlèrent longtemps, à voix basse. Elle lui proposa de prendre un bain.

Elle vint s'asseoir sur le rebord de la baignoire. Elle regardait Dean, son corps d'enfant. Il sortit de l'eau. Elle lui tendit une serviette. Il s'essuyait les cheveux, elle se serra contre ses fesses et passa les bras autour de sa taille. Dean regardait leurs images dans le miroir. Il se lava les dents.

Ils firent l'amour sur le tapis de laine. Dean jouit très vite. Ils se couchèrent. Pendant la nuit, Dean voulut refaire l'amour deux fois. Le rythme de ses coups de reins s'accélérait. Il devenait violent, brutal. Il refermait ses mains sur les hanches de Radhia. Il perdait conscience en se jetant dans son corps.

19

Dean se réveilla vers midi. Il était seul dans le lit. Radhia travaillait depuis neuf heures. Il s'habilla et sortit de la chambre. Dans l'entrée, une secrétaire classait des fiches médicales. Il demanda où était Radhia. Elle lui répondit qu'elle était en train d'opérer et que ce serait long.

À la cuisine, Dean se prépara du thé. Il fit griller deux tranches de pain de mie en sachet. Il les mangea avec de la confiture de dattes.

Il sortit de la maison et marcha au hasard. Un vent chaud chargé de poussière soufflait sur la ville. Ses yeux le brûlaient. Devant le stade il monta dans un bus. Il traversa la ville et descendit n'importe où, dans un quartier de la périphérie. Il marcha un moment le long d'une rue large et blanche où se succédaient des ateliers et des garages. Des carcasses de voitures et d'autocars s'y entassaient. Dean s'arrêta. Au fond d'une cour, il avait remarqué plusieurs motos dont les chromes et les couleurs vives brillaient, tranchaient sur le sol noir, les peintures ternies et la rouille des épaves. Il entra dans le garage. Des garçons très jeunes en bleus de chauffe couverts de cambouis travaillaient sur des moteurs et des machines-outils. Ils le regardèrent. Leurs yeux accrochaient des lambeaux blafards de lumière au néon. L'un d'eux fit un geste de la main. Il désignait à Dean la porte d'un bureau. Dean pensa qu'il rêvait. Il faisait des gestes automatiques. Déjà il se disait que tout irait trop vite. Il ne ferait rien pour arrêter un élan qu'il ne comprenait pas. Que surtout il ne voulait pas comprendre. Une paresse lourde envahissait son esprit. Comme si toutes les années d'enfance de Sylvain, sans souvenirs, mornes, lisses et blanches, s'étaient emparées de lui tout à coup. Le poids terrible d'une dalle de marbre glacée, la mémoire de Sylvain, écrasant son avenir.

Dean entra dans le bureau. Un gros homme assis derrière une table encombrée de factures et de pièces détachées lisait un journal. Des gouttes de sueur roulaient sur ses joues, entre les quelques poils d'une barbe grise. Il leva lentement les yeux.

Dean aligna des mots. Il aimait la moto. Il était bon mécanicien. Il conduisait bien. Il les avait vues dehors, brillantes, dans toute cette crasse. Il cherchait du travail. Il faisait trop chaud aujourd'hui.

L'homme se leva, mit en route le ventilateur posé sur la table, alla jusqu'au frigidaire. Il l'ouvrit. Il prit deux bouteilles de Celtia. Il les déboucha et en tendit une à Dean. Sur l'émail jauni, des traces de doigts noires entouraient la poignée de la porte. De la buée recouvrit les bouteilles.

L'homme se rassit et se pencha vers un magnétophone à cassettes. Dean s'aperçut que de la musique emplissait le bureau. L'homme appuya sur une touche de l'appareil. La symphonie numéro 3 de Saint-Saëns s'arrêta.

Il n'y avait plus que le bruit des machines-outils. L'homme se mit à parler en français avec un fort accent. Il s'appelait Copi. Il devait être corse, ou peut-être italien. Tout alla très vite. Aux propositions de Copi, Dean répondit oui sans discuter. Il ne chercha pas à en savoir plus.

20

« Des coups de butoir lancinants dans mes gencives.
« Un flot de sang chaud taraude ma glace intérieure d'une vrille cramoisie.

« Tout ce temps réduit à rien :
« Geste de ta main caressant mes cheveux,
« Velours brisé de ton regard.
« Et il suffit que tu dises : " Tu m'as connu dans
une mauvaise période. "

« Temps stoppé, la glace, et mes dents furieuses
mâchent la chair d'un vieux...
« Et tout redevient possible, tout faire pour toi, un
regard se pose, caresse du bout d'une illusion : ta
jeunesse.

« Le point où les contraires s'assemblent, fusion glaciale, imprudence du désir, folie de ta bouche, de ta voix dominatrice.

« Le cœur des basses, sourdement, rive le désespoir au temps, immortel.

« Et voici que nous caricaturons le poète, locataire complaisant et maudit des paradis artificiels.

« Il fallait me laisser en paix... La même évidence, celle du premier instant, et tout avoir fait, depuis ce moment, pour toi ou contre toi.

« Éclatement de l'écume blonde.

« Bouillie des os rongés par ce sang qui bouillonne dans mes dents.

« Tête percée, trouée, à l'acide de la glace chauffée à blanc.

« Infusion métallique, yeux prostrés sur les déchets de métal rouillé, carcasses rougeâtres, verres alignés, opéras de délire, cheveux volant à l'horizontale dans un vent de violence : on ne peut indéfiniment contenir les contraires.

« Et vient l'explosion, où le délire se rejoint, cessant d'être lucide, d'être le jeu qui joue à jouer.

« Fermer un œil, ouvrir l'autre sur ce cri du ventre, dents écrasées, sang cognant aux gencives, cracher sur ton amour, je viendrai le creuser comme une lame dans un fruit rouge, bruissante, éclatant les chairs, jus sucré coulant de ta peau, de ta queue gonflée,

« Humidité

« De mes yeux,

« Perle au bout d'elle,

« Folie gluante,

« Invraisemblable vérité qui traverse mon corps, écume blanchâtre sur une moelle livide,

« Colonne sans nom,

« Vertébrale de l'autre,

« Abyssale.

« Nuit informe d'un autre temps,

« Dieux infirmes pénétrant l'épouvante de

« Toi

« Revenant.

« Jeter ton corps, je l'aurais voulu dépecé par le temps, rongé de secondes, pourrissant des minutes d'un amour impossible.

« Mais non. Il est revenu, indifférent, égal à lui-même, réincarnation d'une possibilité de l'image.

« Santiags bleues et jean neuf, comme une erreur dans la programmation, l'apparition impossible d'une trop belle évidence, obscène, ordurière.

« Et j'imagine l'autre, les autres, seuls, nuit grise, plate, au son mat d'un rêve enfantin de quiétude, enfin.

« Il n'y a plus rien, que cet éclat de verre couturant ma détresse, déchiquetant l'avenir, éparpillé en tentations radieuses, mièvreries transposées.

« Et tu m'as pris au ventre, comme ce cri rauque d'animal, une soirée chaude de juillet.

« Que puis-je encore imaginer ? »

Sylvain s'arrêta d'écrire. Le téléphone sonnait. C'était la fin de l'après-midi. Il était seul dans la maison de Bernard Malandat. Il eut l'impression qu'il devait répondre. Il courut jusqu'au salon. Il décrocha l'appareil. Une voix féminine dit :

– Bernard Malandat, s'il vous plaît.

– Il n'est pas là.

– C'est très urgent, je dois absolument lui parler.

– Je vous dis qu'il n'est pas là.

– Faites-lui un message... Dites-lui qu'il rappelle le docteur Ltifi à son cabinet le plus vite possible. C'est au sujet du jeune Français qui a habité chez lui.

– Dean ?

– Vous êtes Sylvain ?

– Où est Dean ?

– Ne bougez pas. J'arrive tout de suite. Surtout attendez-moi.

Radhia raccrocha.

21

Radhia sonna. Sylvain lui ouvrit. Ils restaient dans l'entrée. Il la dévisageait. Son regard sur elle la pétrifiait. Elle n'osait pas parler. Sylvain dit :

– Vous avez fait l'amour avec lui ? Combien de fois ? Toute une nuit dans le même lit...

Sylvain s'éloigna soudain. Radhia ne bougeait pas. Il entra dans une salle de bains. Il reconnut les produits de maquillage. Il fit face à sa propre image dans la glace en pied de la porte. Il ouvrit la braguette de son jean et commença à se branler. Il pensait à Dean et à cette fille. Dean sur elle. Dean qui la pénétrait. Dean oublié sur le corps beau et lourd de Radhia. Il jouit. Du sperme dégoulinait sur le miroir. Il se lava la queue dans le lavabo, à l'eau froide. Radhia l'appelait. Il sortit de la salle de bains.

Il la trouva sur la terrasse. Elle avait changé d'attitude et repris son assurance habituelle :

– Je me fous de vos histoires, mais j'ai peur pour lui.

– Vous n'aimez pas qu'on vous échappe, mademoiselle Ltifi ?

Radhia demanda à Sylvain de venir avec elle. Ils montèrent dans sa voiture. Ils roulèrent vers El Mensah.

La Golf noire sortit du virage après le passage à niveau de La Goulette. Radhia accéléra. Sur le dos-d'âne devant l'usine électrique, les roues décollèrent un instant du sol. Sylvain tourna la tête vers elle. Il souriait. Un cargo entrait dans le chenal. Ils traversaient le lac. Le vent chaud avait chassé les odeurs des marécages et du dépôt d'ordures. Radhia dit :

– Ce matin je ne l'ai pas vu. Je travaillais tôt et il s'est réveillé à midi... Il est repassé plus tard. Il est arrivé en moto... Une moto neuve. Il m'a dit qu'il l'avait achetée. Il n'essayait même pas de me faire croire à ce qu'il disait. Je lui ai dit de ramener la moto où il l'avait prise et qu'il pouvait rester chez moi aussi longtemps qu'il voulait. Il m'a répondu qu'il ne me demandait pas l'aumône et si je voulais qu'on signe un contrat : nourri, logé, blanchi, contre trois coups par nuit... Il a fini par me dire qu'il devait livrer la moto à quelqu'un, à la frontière, pour le compte de Copi.

– Qui est Copi ?

– Il a un atelier et un garage rue Carnot.

– Je crois que je sais qui c'est... Ça doit être à lui que j'ai acheté un minibus en arrivant dans le pays.

– Je ne vois vraiment pas pourquoi Copi a besoin d'un garçon étranger qu'il ne connaît pas pour livrer une moto à la frontière...

Radhia gara la voiture devant sa maison. Elle tendit les clés à Sylvain. Elle lui avait indiqué la route que Dean avait dû prendre pour aller vers le sud, la marque et la couleur de sa moto. Elle s'éloigna sans se retourner.

Elle s'était absentée plus d'une heure. Des patients se pressaient dans la salle d'attente. Elle s'excusa, entra dans son cabinet et enfila sa blouse blanche. Par la fenêtre elle regarda la rue : Sylvain mit le contact et démarra en faisant crisser les pneus de la Golf.

22

Le soir tombait. Sylvain ralentit. Sur l'autoroute, à la sortie de la capitale, il avait roulé très
vite. Il savait que Dean avait deux heures
d'avance. Même si la moto allait moins vite que la
Golf, il ne pourrait pas l'avoir rejoint avant la nuit.
Pourtant il regardait les conducteurs des deux-
roues qu'il doublait et, dans les villages, si une
moto rouge n'était pas arrêtée devant un café. Sylvain savait que quand il serait tout près de Dean,
il ne le manquerait pas. Il irait à lui sans hésiter.

Les ombres noires des camions sur le sable et le
bleu foncé du ciel. À l'ouest, des touches sanglantes sur ce bleu. Sylvain cherchait une cassette
dans la boîte à gants. Il n'y avait que des tubes dis-
cos ou du rock californien qu'il détestait. Il aimait
les villes. Celles qui ont un centre, des bouches
d'aspiration qui mènent aux enfers. Il aimait leur

musique rugueuse et déchirée, plutôt que celle, sirupeuse et propre, des plages et des villes plates, lisses à perte de vue. Il finit par trouver une cassette d'Oum Kalsoum et la glissa dans l'appareil : « Men Agl Ay' naik ». Pour tes yeux. Il doubla un poids lourd qui transportait des cages remplies de poulets. Des plumes volaient autour du camion, se collèrent sur le pare-brise de la voiture.

Sylvain entra dans un village. Il vit les chromes et la peinture d'une moto briller dans la tache claire des lumières d'un café. Il s'arrêta. Il n'avait aucun doute. Il gara la voiture au bord de la route, à une centaine de mètres du café, descendit, ferma les portes à clé et marcha vers la tache de lumière.

23

Dean tournait le dos à la rue. Il était assis seul à une table. Un plat de macaronis et un verre de thé rouge étaient posés devant lui, sur le formica jaune. De temps en temps il levait les yeux vers la télévision qui retransmettait un match de football. Dans la salle, à chaque belle action, les hommes criaient.

Dean ne vit pas Sylvain entrer. Et tout à coup il l'eut devant lui, masquant le poste de télévision. Sylvain s'assit. Dean baissa les yeux vers son assiette. Il continua de manger. Ils ne parlaient pas. Le serveur brisa leur silence. Sylvain commanda un café. Dean but une gorgée de thé. Il avait les yeux mouillés. Sylvain finit par dire :

– Tu n'as pas lu les feuilles que Carol t'a montrées... Elle s'est trompée. Il n'y a pas de livre. Je ne t'ai rien pris. Je ne t'ai rien volé. Tu étais là parce que c'était toi. C'est tout. Il n'y a pas d'autres raisons... Il n'y a pas d'histoire. Je suis incapable d'écrire une histoire. Les seules choses que j'aie jamais écrites c'est des trucs comme ça...

Sylvain tendit à Dean un bout de papier froissé couvert de son écriture :

« Des coups de butoir lancinants dans mes gencives.

« Un flot de sang chaud taraude ma glace intérieure d'une vrille cramoisie.

« Tout ce temps réduit à rien :

« Geste de ta main caressant mes cheveux,

« Velours brisé de ton regard.

« Et il suffit que tu dises : "Tu m'as connu dans une mauvaise période"... »

Dean lut le texte jusqu'au bout. Après le coup de téléphone de Radhia, Sylvain n'y avait rien ajouté. Dean voulut lui rendre la feuille chiffonnée. Sylvain dit :

– Garde-le.

Dean avait du mal à avaler sa salive. Sylvain dit :

– Si j'écris jamais un livre, ce sera l'histoire d'un type condamné par une maladie incurable...

– Arrête, Sylvain.

– Condamné amour... Si tu pars, tu me condamnes à mort. J'écrirai un livre...

– Tu penses qu'à toi, qu'à ta queue. Tu te branles en écrivant. Tu te rends malade. Tu crèves de jalousie. Je préfère être à ma place qu'à la tienne.

– Moi je t'aime.

– T'es capable d'aimer toi ? T'as jamais aimé personne. T'es amoureux d'une image. Une image ça se déchire.

Tout à coup Dean fut debout. Sa chaise bascula en arrière. Il prit son verre et le brisa sur le bord de la table. Du thé éclaboussa le visage de Sylvain, coula sur le formica jaune. Dean avait un tesson de verre à la main. Il hurla :

– C'est ma gueule que tu veux ?

Tous les hommes se turent et se tournèrent vers lui. Une équipe venait de marquer un but. Le commentateur criait comme un dément. Sa voix grésillait dans le silence du café. Sylvain cria :

– Dean !

Il voulut se lever, se jeter sur Dean. Il ne fut pas assez rapide. Dean s'entailla la joue, de l'oreille au menton. Les chairs s'ouvrirent. Le sang coulait. Dean attrapa une chaise et la lança sur Sylvain. Il courut vers la sortie, bouscula des hommes, sauta sur sa moto et mit le contact. Sylvain était là. Il s'agrippait à lui. Dean tenait son casque par la courroie. Il le fit tournoyer, frappa Sylvain à la tête. Sylvain fut sonné. Il s'affaissa à terre. Il ne voyait plus que les roues de la moto et les rayons qui brillaient. Dean mit des gaz. La roue arrière patina. De la poussière s'envola, entra dans les yeux et la bouche de Sylvain.

La moto disparut. Deux hommes aidèrent Sylvain à se relever. Il courut jusqu'à sa voiture. Elle était garée loin du café. Dean avait de l'avance. La nuit était tombée.

24

Il y avait le goût métallique du sang dans la bouche de Dean. La moto qui hurlait. La poussière en suspension dans la nuit tiède qui lui brûlait les yeux. Les taches auréolées des phares qui surgissaient d'un horizon noir. Elles devenaient lourdes, cruelles. Elles se voilaient de rouge.

Dean freina soudain, fit demi-tour et remit plein gaz en sens inverse.

Sylvain attendait la fin du virage pour doubler le camion qui le précédait. Il rétrograda en troisième et accéléra à fond. Un phare brillait devant lui. Un deux-roues venait à sa rencontre. Mais il avait le temps de doubler le camion.

Sylvain allait se rabattre devant le poids lourd quand il pensa que le phare se rapprochait beaucoup trop vite pour qu'il fût celui d'une mobylette du village. Il resta au milieu de la route et mit les pleins phares. La lampe témoin bleue s'alluma au tableau de bord. Il reconnut Dean.

Un instant, Dean vit une Golf décapotable. La voiture de Radhia. Sylvain au volant bien sûr. Il plaça la moto sur la ligne blanche au centre de la route. En face de lui, Sylvain restait au milieu.

Il suffisait d'un coup de volant de Sylvain ou d'un balancement des hanches de Dean, même au dernier moment. Pourtant la moto se précipita sur la calandre de la voiture qui la traîna sur plusieurs dizaines de mètres avant de s'arrêter. Dean glissa sur le capot, fit exploser le pare-brise, monta en l'air, retomba sur le bitume, roula jusqu'au bas-côté. Il ne bougea plus.

Sylvain marchait vers Dean. Des voitures s'arrêtaient. Un attroupement se formait autour du corps. Sylvain s'agenouilla, se pencha sur lui. Il flottait contre le visage de Dean. Il léchait ses lèvres, le sang qui coulait de sa balafre. Des klaxons traversaient l'air. Un goût de métal en fusion. Sylvain se releva. Il s'éloigna.

Il regardait la moto broyée et tordue. Les chromes brillaient toujours autant. Il se souvint des mots de Radhia : « Je ne vois vraiment pas pourquoi Copi a besoin d'un garçon étranger, qu'il ne connaît pas, pour livrer une moto à la frontière... »

Sylvain éventra la selle de la moto, le réservoir, les pneus. Il ouvrit le phare et le feu arrière. Il ne trouvait rien. Les gyrophares d'une voiture de police et d'une ambulance se rapprochaient. Il revint près de Dean. Il chercha son portefeuille dans la poche de son blouson.

Sylvain regardait la photo sur la carte d'identité de Dean. Photomaton noir et blanc d'un gosse de douze ans à l'air bien sage. Pascal Laubier. Il remit la carte dans le portefeuille. Un souvenir de papier glacé. Une image ça se déchire. Quelle connerie de se faire appeler « Dean ». Dans une autre poche, Sylvain trouva un morceau de papier où Dean avait écrit: « Après El Borma, continuer la piste jusqu'au village suivant. Demander Jabbar. »

Sylvain mit le papier dans sa poche. Des policiers bousculèrent l'attroupement qui encerclait le corps de Dean. Sylvain en profita pour partir. Il prit un sac dans la voiture de Rhadia.

Le sac contenait quelques vêtements et des feuilles couvertes de l'écriture de Sylvain.

Sylvain s'enfonça dans la nuit. Il marchait vite. Il savait qu'en arabe « Jabbar » signifie à peu près le Très-Puissant. Celui qui a le pouvoir.

25

L'ambassadeur et Bernard Malandat tombèrent vite d'accord sur la conduite à tenir afin que l'enquête sur la mort de Dean n'éclabousse personne.

L'ambassadeur fut reçu au ministère de l'Intérieur. On décida de conclure officiellement à un accident de la circulation entre deux Français. Dean sur une moto qu'il avait volée, Sylvain qui conduisait la voiture d'une amie.

Officieusement, la police secrète fut chargée de retrouver Sylvain et de surveiller les activités du garagiste Copi.

Carol fut convoquée dans un bureau aux murs craquelés qui puait la graisse, la sueur et la torture. Un corps reposait sur une table sous une couverture grise. On souleva un coin de tissu et Carol identifia Dean. Bernard Malandat lui prit la main. Elle le repoussa. On l'interrogea. Qu'aurait-elle pu dire ?

Rhadia confirma qu'elle avait prêté sa Golf GTI à Sylvain qu'elle avait connu au cours d'une soirée chez Malandat. Il lui avait dit qu'il voulait aller visiter Kairouan et lui avait demandé sa voiture. Elle ne savait rien de plus.

Copi dit qu'il se souvenait parfaitement qu'un Français correspondant au signalement que lui donnaient les policiers était venu le voir au garage et lui avait demandé du travail. D'ailleurs il ne semblait pas dans un état normal. Mais Copi qui n'avait aucun emploi à lui proposer l'avait éconduit. C'est sûrement pour cette raison que Dean s'était vengé en volant la moto...

La police secrète fit des recherches et retrouva effectivement une déclaration de vol faite par Copi, le jour même de la mort de Dean. Les numéros d'immatriculation et de série inscrits sur la déclaration de vol correspondaient à ceux de la moto accidentée.

À l'aéroport, Carol prit congé de Bernard Malandat. Elle semblait détachée de tout. Il lui assura qu'il ferait tout ce qui était en son pouvoir pour que l'on retrouve Sylvain. Elle sourit vaguement. Elle retournait à Paris.

Deux hommes en civil obligèrent Copi à monter dans leur voiture alors qu'il rentrait chez lui et l'emmenèrent dans des bâtiments désaffectés de la banlieue ouest. Ils l'interrogèrent pendant une nuit entière. Copi répéta inlassablement la déclaration qu'il avait déjà faite. Ils le libérèrent à l'aube.

Malandat sonna à la porte du cabinet de Radhia. Personne ne répondit. La porte était ouverte. Il entra. Les pièces étaient vides. Tout le matériel médical avait été enlevé.

Malandat apprit que Radhia avait quitté le pays la veille pour rejoindre en Belgique un Marocain qui faisait de l'import-export de vêtements entre Casablanca, Londres et Bruxelles, et qu'elle allait l'épouser.

26

Le téléphone sonna. Louise Bareuil décrocha. Il y eut une série de déclics dans l'appareil. Sylvain dit :

– Vous avez reçu mon manuscrit ?

– Où es-tu ?

– Répondez-moi.

– Oui, j'ai reçu ton manuscrit. Il est devant moi.

– Alors ?

– Il faut que tu reviennes.

– Vous n'avez pas besoin de moi... Parlez-moi de mon livre...

– Il y a... Il y a de belles choses... Mais je ne pense pas que ça suffise à faire un livre...

– Qu'est-ce qu'il vous faut de plus que cette histoire ?... Je l'ai vécue...

– Écoute, Sylvain. À moi, il ne me faut rien du tout... Mais ça n'est pas parce que ton manuscrit raconte ce qui t'est arrivé que je vais le publier...

Justement, je n'y crois pas à cette histoire... Il faut te débrouiller pour que j'y croie.

Sylvain crut sentir la main de Louise se poser sur lui et pétrir la chair de son épaule. Sa chair encore ferme alors que celle de Dean se décomposait lentement dans le sable chaud, laissant l'image de Thomas reprendre le pouvoir. Il entendit la voix de Louise dire :

– Ton livre pourrait commencer à la mort de Dean au lieu de se terminer là...

– Je retravaillerai.

– Où es-tu ?

La fin de la question de Louise buta sur le bruit de la tonalité.

27

Sylvain avait dit à Dean :

– Si tu t'en vas, tu me condamnes à mort...
J'écrirai un livre.

Dean était mort. Sylvain s'était mis au travail. Il
avait écrit un livre. Il avait raconté une histoire,
l'histoire de ce voyage avec Dean et Carol.
Quelques mois plus tôt, Louise Bareuil exigeait un
livre. Maintenant, elle ne voulait pas de celui-ci.

De la réalité à la fiction il avait fallu un mort.
Ou bien, comme Sylvain le pensait quelquefois,
avait-il délibérément emmené et tué Dean pour
produire la substance dont sa plume allait se
nourrir ? Avait-il mis en scène une histoire qu'il
avait inventée, et dont Carol, Dean, lui-même et
d'autres, Radhia, Malandat, Marie, avaient joué
les rôles, fascinés par cette sorte de charme noir
qu'il pensait quelquefois détenir. Et une fois cette

histoire devenue réelle, trop réelle, par la mort de Dean, ne lui suffisait-il pas de la retranscrire dans un livre ?

De la fiction à la réalité aussi, il fallait la mort. Sylvain pensait parfois que c'était lui que la mort frappait, lentement, insidieusement, salement, et non Dean qui était mort comme un acteur en scène, beaucoup trop héroïquement pour que cela fût vrai. Il se disait alors que chaque ligne écrite, chaque phrase volée à Dean, à la réalité, ou même à sa propre mise en scène de la réalité, étaient des spasmes de vie, des sursauts de lutte contre le grignotement ignoble de la mort. Les réflexes d'un corps meurtri.

Sylvain avait changé. Il parlait peu. On aurait pu penser qu'il avait toujours vécu dans le pays. Personne ne le remarquait, indifférent, assis dans le couloir d'un train bringuebalant encombré de produits que des paysans allaient vendre à la ville, ou coincé jambes repliées, genoux sous le menton, sur le siège d'un vieil autocar qui fonçait sans phare dans la nuit froide du désert. Sylvain, lentement, descendait vers le sud.

28

Dès son retour à Paris, Carol avait pris rendez-vous avec Louise Bareuil. Elle voulait la connaître et elle pensait que Sylvain la contacterait. Elle ne se trompait pas.

Quand Louise Bareuil reçut le manuscrit de Sylvain, elle lui téléphona. Elles se rencontrèrent dans un café proche des Éditions Salviac-Cormant.

Le lendemain du jour où elle rencontra Louise, Carol déménagea. Elle ne donna le téléphone de son nouvel appartement à aucun des amis de Sylvain qui la harcelaient pour avoir des nouvelles de lui.

Elle se jeta à corps perdu dans son travail. Elle termina sa thèse de criminologie et la fit publier. Elle en envoya un exemplaire à Louise Bareuil.

Des journaux firent des reportages sur son travail dans les prisons. Elle faisait dessiner et peindre les détenus. Ils écrivaient des poèmes en grandes lettres de couleur tracées à la gouache sur du papier Canson.

La silhouette de Carol en blouse blanche face à des hommes massifs, violeurs ou assassins. Elle soignait la folie par l'image. Par son image.

Elle revit Louise Bareuil plusieurs fois. Elles dînèrent souvent ensemble. Elles devinrent amies. Carol aimait, quand elle parlait d'elle-même et de son travail, l'écoute et l'attention de Louise. Elle le lui dit. Elle lui dit aussi que Sylvain ne l'avait jamais vraiment écoutée.

Un soir, alors qu'elles dînaient dans un restaurant indien, Carol parla de sa maladie à Louise. C'était onze ans plus tôt. Quelques jours après qu'elle eut ses premières règles, elle avait commencé à avoir des sensations bizarres. Elle avait touché du bout des doigts ce sang sorti de son ventre qui dégoulinait le long de ses cuisses. Ses mains en étaient poisseuses. Puis ce fut tout son corps qui devint poisseux. Il s'alourdissait. Ses mouvements se ralentissaient. Elle perdait la sensibilité de ses doigts et de ses mains. Elle laissait de plus en plus souvent tomber les objets qu'elle portait. Elle sentait une chape de sang coagulé peser sur elle, une coquille gluante la recouvrir. Un mois plus tard elle était totalement paralysée. Elle passa les deux années qui suivirent dans une chaise roulante, pouvant à peine parler et avaler des bouillies.

On la transporta d'hôpital en hôpital et de service en service. Neurologues, spécialistes des maladies virales, psychiatres, et des dizaines d'autres médecins la visitaient, étudiaient son cas et ne trouvaient rien.

Vers dix-sept ans, elle commença à retrouver comme par miracle l'usage de ses membres. Après une année de rééducation, ses aptitudes physiques étaient redevenues pratiquement normales.

Mais ses rapports avec son corps continuèrent à l'obséder. C'est pour cela qu'elle s'intéressa aux schizophrènes adolescents. Elle étudiait les dessins et les peintures qu'elle leur faisait faire, les représentations qu'ils donnaient de leur corps morcelé.

Sylvain disait souvent qu'il n'avait pas eu d'enfance. Carol avait eu l'adolescence d'une infirme. Elle pensait que c'était parce que leurs désirs de revanche se ressemblaient que leurs routes s'étaient croisées.

Elle aimait l'enfant en lui. Et quand il se tortillait dans la pénombre de la chambre, imberbe et nu sur les draps, elle lui disait qu'il avait vraiment l'air d'un gamin. Alors Sylvain attendait, comme s'il ne connaissait pas encore les gestes de l'amour.

Depuis son retour à Paris, Carol prenait des amants de plus en plus jeunes. Des enfants aux gestes tendres et désordonnés qui ne vivaient plus que pour elle. Elle comblait au contact de leur peau le manque de son adolescence. Elle jouait à l'amour avec des corps adolescents qui cessèrent du coup d'être des objets d'étude. Elle cessa ses recherches sur les jeunes schizophrènes.

Carol se consacra à son travail dans les prisons où le désir dans les yeux des hommes lui reflétait une autre image de sa féminité. Après la douceur imprécise des enfants ébahis par son corps, elle avait envie qu'un sexe lourd et brutal cogne dans son ventre.

Plus Louise Bareuil connaissait Carol, plus elle pensait que Sylvain et elle étaient agités par des fantasmes similaires.

Mais, à la quête de Sylvain poursuivant une image irréelle, Louise se mit à préférer la lutte de Carol, plus féminine, pour préserver son intégrité menacée depuis des années par une existence très réelle : celle de Sylvain.

Louise proposa à Carol d'écrire un livre.

29

Sylvain était assis à l'intérieur d'un café. Il faisait beaucoup trop chaud pour rester dehors. Il finit d'écrire un feuillet et le joignit à d'autres qu'il glissa dans une grande enveloppe brune. Il inscrivit l'adresse du destinataire : Louise Bareuil aux Éditions Salviac-Cormant.

Sylvain se leva, paya son thé et sortit du café. Dans la rue, il croisa un groupe de gosses qui jouaient avec un serpent mort. Ils lui jetaient des pierres, le poussaient avec un bâton, le prenaient par la queue, le faisaient tournoyer en l'air et le lançaient contre un mur. Un peu à l'écart, un enfant blond aux cheveux raides les regardait. Il portait un tee-shirt sale délavé par le soleil. Sur le devant du tee-shirt Sylvain reconnut le portrait de James Dean. Il s'approcha de lui et dit :

– Toi aussi on t'a abandonné ?

Le gosse répondit quelques mots en arabe et rejoignit ses copains qui traînaient le serpent mort dans le caniveau. Sylvain traversa la rue et entra dans le bureau de poste. Il affranchit son paquet et ressortit.

Il entra dans l'hôtel. Sa chambre était vide, à part un lit double sans drap et sans oreiller, et un lavabo dans un coin. Une eau saumâtre sourdait des robinets rouillés. Les murs très hauts étaient blancs et sales. Une ampoule pendait du plafond, au bout du fil électrique. La pièce était sombre et fraîche.

Sur le lit, Yehia dormait sur le ventre. Il portait seulement un short blanc sur sa peau brune. Il avait seize ans. Sylvain s'allongea à côté de lui. Yehia grogna un peu et se lova au creux des bras et des jambes de Sylvain.

Cette tendresse-là il ne faudrait jamais la trahir ou la laisser échapper. Sylvain se dit : pourquoi est-ce que ça ne dure pas toujours ?

30

Louise semblait anéantie. Un désespoir nouveau avait bouleversé son propre désespoir qui resurgissait après des années de dissimulation. Elle tendit une enveloppe à Carol assise face à elle.

– Il y avait cette lettre pour vous avec le manuscrit de Sylvain...

Carol ouvrit l'enveloppe. Elle lut à voix haute, mécaniquement :

« Chère Carol,

« Toute histoire parle de la mort, mais il ne suffit pas de la mort pour faire une histoire.

« Je pensais que la mort de Dean ferait un livre à succès. Ou que la mienne pourrait faire un bon livre. Mais il faut une histoire, n'est-ce pas ?... Il faut une fin.

« Peu à peu Louise s'apercevra que mon livre est un bon livre. Puis elle pensera : oui, un très bon livre. Ni trop réel ni trop inventé. L'équilibre se fera, insensiblement. Mais il manquera la fin...

« Chaque semaine elle recevra une pièce manquante du puzzle, mais toujours pas de fin.

« Et quand je serai mort, que ce sera le bon moment, comment écrire cette fin ? Il me faudrait une mort lente, très lente, dans laquelle je garderais ma conscience jusqu'au dernier instant, ou tout au moins cette lucidité minimale qu'est la perception sensuelle et sexuelle des événements, l'épreuve du corps qui permet la transfiguration par l'écriture. Il ne manquerait que quelques secondes à mon livre. Quelques mots. Tant pis, Louise mettrait cet avertissement : "Les lecteurs de ce livre voudront bien excuser l'auteur pour les quelques secondes manquantes à la fin de l'ouvrage : le seul moment où il lui était impossible de remplacer le "ou" par un "et", n'étant tout simplement déjà plus là... Vivant "ou" mort"...

« Car je vais mourir Carol. De ce que l'on nomme avec la pudeur et le bon goût de notre langage, une longue et douloureuse maladie. Condamné amour.

« Certains ne manqueront pas d'attribuer à ma mort une valeur morale. Comme si l'un des milliers de corps que j'ai étreints m'avait transmis, au fond d'une arrière-salle très sombre où j'attendais le plaisir, bras tendus, mains à plat contre le salpêtre d'un mur moisi puant l'urine, un mal inconnu, un nouveau virus foudroyant aux allures de sanction divine.

« Mais celui qui pense que l'événement qui met fin à une histoire est moral, est un imbécile. Cet événement est purement statistique, aléatoire. Il n'y a qu'une seule chose morale c'est l'interprétation de cet imbécile. Et une seule chose horrible, c'est l'effroyable attente de la fin.

« Je me réjouis d'être moins seul maintenant : Louise et moi attendons tous les deux la fin d'une histoire. Si par hasard elle ne recevait rien de moi pendant toute une longue semaine, aucune phrase, aucun mot, qu'elle n'en déduise pas trop vite que je suis mort. Il se pourrait que ce ne soit qu'une grève des postes.

Sylvain. »

Carol éclata de rire. C'était un rire acide. Un jet de vitriol sur un visage lisse. Elle sortit du bureau. La lettre dépliée pendait au bout de son bras.

Ce que Louise n'avait pas pu avouer à Carol, c'est que Sylvain lui avait déjà envoyé le premier manuscrit qu'elle avait refusé de publier. Et que celui qu'elle venait de recevoir, accompagné de la lettre pour Carol, était exactement le même que le premier, sauf qu'il était écrit sous forme de journal, à la première personne, et que les personnages y portaient leur vrai nom : Sylvain, Carol, Dean...

Deux autres différences avec le premier manuscrit : celui-ci n'avait pas de fin et le personnage de Sylvain était condamné, atteint d'un mal incurable.

31

Sylvain essayait d'écrire des notes sur un carnet. Le vieil autobus bringuebalait dans tous les sens. Il renonça. Il regardait défiler des paysages brûlés. Les vitres du bus ruisselaient de poussière et d'or blanc. Yehia dormait contre l'épaule de Sylvain. Ses cheveux noirs lui chatouillaient le cou. Sylvain tourna la tête vers lui. Il le regarda et de nouveau il pensa : pourquoi est-ce que ça ne dure pas toujours comme ça ?

Le bus s'arrêta dans le village d'El Borma. C'était le terminus. Sylvain et Yehia descendirent. Sylvain dit qu'il voulait continuer vers le sud. Yehia répondit qu'il ne fallait pas. Il se mit à crier, s'agrippa à Sylvain pour le dissuader. Cela ne servit à rien. Sylvain chercha un taxi, une mobylette, un vélo. Il n'en trouva pas. Le bus était reparti. Ils étaient seuls. Ils s'embrassèrent. Des larmes coulaient des yeux noirs de Yehia. Sylvain s'éloigna. Il marchait dans la rue principale. Il sortit du village. Il ne se retournait pas. Yehia pleurait toujours, il était incapable de bouger, il regardait la silhouette de Sylvain diminuer contre le sable blanc. Il ne comprenait plus. Maintenant c'était lui qui pensait : pourquoi est-ce que ça ne dure pas toujours ?

32

Sylvain avançait comme un automate. Ses jambes étaient lourdes, ses lèvres sèches et gonflées. Mais là-bas, devant lui, des contours de maisons et plus loin la silhouette grise d'un bordj se liquéfiaient dans les effluves gluants qui montaient de la piste.

Sur son chemin, Sylvain rencontrait des tombeaux de plus en plus rapprochés. Les formes des maisons se précisaient. Le fort, un peu à l'écart, devenait plus massif.

Sylvain atteignit ce qu'il croyait être des maisons. Mais c'était d'autres tombeaux. Un village de tombeaux. Et cette ville des morts était habitée, car des crépitements d'armes automatiques émiettèrent le silence. Des silhouettes vêtues de treillis semblèrent sortir des murs. Sylvain s'arrêta. Une vingtaine de garçons lui barraient le passage. Ils pointaient des mitraillettes vers lui.

Alors Sylvain pensa qu'il comprenait quel avait été le véritable contrat de Copi : Dean ne devait pas livrer une moto à la ville des morts, c'est la moto qui devait l'y amener. La marchandise c'était Dean lui-même.

Sylvain marcha lentement vers les trous noirs des canons des mitraillettes. La température était insoutenable. Il hurla :

– Jabbar !

III

1

La chaîne de transmission de la mobylette dérailla, bloqua la roue arrière. Bruno faillit tomber. Il se rétablit en posant les deux pieds au sol. Le crachin rendait la route glissante. Bruno mit l'engin sur sa béquille. Il s'accroupit et entreprit de décoincer la chaîne et de la remettre en place sur la couronne.

Quand il se releva, la sacoche en cuir qu'il portait en bandoulière s'entrouvrit et le pli recommandé qu'il devait livrer tomba dans le caniveau. Il le ramassa. Sur l'enveloppe de papier kraft, les empreintes des doigts de Bruno maculés de cambouis s'ajoutèrent aux auréoles laissées par l'eau du caniveau.

Bruno roulait doucement pour éviter que la chaîne ne déraillât à nouveau. La visibilité vers le large était nulle. Une très légère brise de noroît portait le mugissement de la bouée du Pot-de-Fer vers les terres.

Bruno gara sa mobylette devant l'Institut de thalassothérapie, entra, remit l'enveloppe à la réception, sortit, retourna vers le bureau de poste.

La sonnette réveilla Louise Bareuil : elle faisait la sieste. Elle marcha jusqu'à la porte de sa chambre, l'ouvrit, prit l'enveloppe que lui tendait une femme de chambre.

Au dos de l'enveloppe, Louise reconnut l'écriture de sa secrétaire. Mais quand elle vit les taches de cambouis et le papier kraft imbibé d'eau, elle pressentit que ce n'était pas un courrier ordinaire, comme si la lettre avait dû traverser une somme d'épreuves et de souffrances pour parvenir jusqu'à elle.

Elle ouvrit l'enveloppe, en sortit deux feuilles sur lesquelles elle ne fut pas étonnée de reconnaître l'écriture de Sylvain :

« 30 mai.

« Voilà, chère Louise Bareuil, j'écris de nouveau. Vous auriez pu me perdre, mais Jabbar m'a sauvé. Je reprends donc aujourd'hui l'écriture de ce journal que j'avais arrêtée à la mort de Dean. Vous aviez peut-être raison : mon livre aurait pu commencer là.

« Je tiendrai ma promesse : vous recevrez peu à peu les pages de ce journal, au fur et à mesure de leur écriture. Elles vous arriveront des quatre coins du monde. Car demain je pars. J'irai de port en port jusqu'à ce que je trouve Angelo, et quand je l'aurai trouvé, je le tuerai. C'est le contrat que j'ai passé avec Jabbar... Et moi qu'est-ce que j'y gagnerai?... Ne soyez pas impatiente: la suite au prochain épisode. La réponse quand bon me semblera.

« Vous commencez à comprendre comme j'avais raison quand je vous écrivais que je ne serais plus seul à attendre. Désormais, vous attendrez avec moi. Vous m'attendrez. Et ce que vous espérerez le plus sera le point final, la dernière ligne de la dernière page de ce journal. La fin du livre qui mettra fin à l'insupportable attente d'une nouvelle page. »

2

Louise Bareuil écourta sa cure. Elle rentra à Paris. Qui était Angelo ?

Le lendemain de son retour, elle reçut un nouveau courrier de Sylvain. Le texte du 30 mai s'adressait directement à elle, mais ce ne fut plus jamais le cas des pages qui suivirent. Comme si, après qu'il eut initié un interlocuteur privilégié, Sylvain s'était mis en route sûr de lui et de la légende qu'il allait tracer peu à peu, seule preuve tangible de son existence.

Louise Bareuil continua donc de recevoir le journal manuscrit de Sylvain qui, du 30 mai au 8 septembre de l'année suivante, couvrit un peu plus de quinze mois par une sorte de récit lacunaire de ce qu'il prétendait être sa vie, une suite d'émergences et d'ellipses qui semblait presque aléatoire :

« 31 mai.

« Nous marchons vers l'hélicoptère. C'est le soir. Jabbar a passé son bras autour de mes épaules. Du sable tourbillonne, soulevé par les pales des rotors. Je monte dans la carlingue. Jabbar m'a embrassé. Il échange quelques mots que je ne comprends pas avec le pilote. Il fait quelques pas en arrière, nous décollons, la tache blanche de ses cheveux reste longtemps visible, détachée sur l'or du sable.

« Jabbar a acheté les tombeaux, le fort, la route, le ciel et le sable. Il règne sur une armée de garçons sublimes. Dean avait leur âge. Moi pas. Mon corps est moins musclé que le leur. Ma peau moins brune. Moins douce.

« Mais Jabbar a voulu ma bouche. Mes yeux. Et aussi mes pieds et mes mains, mon cul et mes couilles, le bas de mon dos, les creux de mes aisselles et ceux de mes coudes.

« Il veut prendre mon enfance lisse et blanche, toutes ces années de marbre marquées seulement du rouge du sang qui coule de mon genou blessé.

« Lui faut-il aussi ce sang, ce rouge, mon seul souvenir, et l'odeur lourde des eucalyptus qui bordent le chemin ?

« Veut-il le vent du nord glacé qui souffle un dimanche après-midi sur le parking désert d'une université ? Une nuit chaude et humide de Porto Rico ? Le visage de Thomas sur un écran de cinéma ?

« Jabbar a apprivoisé le temps. Il aurait pu déterrer Dean, le délivrer du sable brûlant, le faire sortir d'un mausolée et s'avancer à ma rencontre dans la ville des morts.

« Je m'étais endormi. Je rêvais d'un visage. De deux noms pour un même visage. Dean. Thomas. Deux prénoms qui ont une consistance solide, une forme que j'essaye en vain d'attraper et qui m'échappe, glisse entre mes doigts, élastique et luisante.

« Jabbar m'apprendra à capturer cette forme floue, à retenir cette image d'un visage qui porte plusieurs noms.

« Jabbar a acheté mes mots, mes phrases, ma poésie. Et s'il voulait aussi creuser mon ventre, le vider de sa substance ?

« Un cognement me réveille en sursaut. Vient-il de mon rêve ? Je regarde la montre au tableau de bord : nous volons depuis trois heures. Puis je croise le regard perdu du pilote, je vois la sueur sur son front. Le cognement revient, encore plus fort cette fois. Une gerbe de flammes jaillit de la turbine. Les rotors ralentissent. L'hélicoptère chute comme une pierre.

« On entend souvent dire qu'avant de mourir, on voit défiler sa vie en quelques instants. Mais les images qui m'assaillent, alors que l'hélicoptère fonce vers le sol, ne résument pas ma vie. Elles sanctionnent le pouvoir de Jabbar.

« Il y a d'abord la moto chevauchée par Dean qui s'écrase contre ma voiture, puis le visage de Dean qui se mélange à celui de Thomas. Et ce visage unique flotte, alors que d'autres images s'y superposent en cascade : le rempart des corps des garçons qui pointent vers moi le canon de leur mitraillette ; ma bouche, énorme, qui hurle : "Jabbar !" ; les murs de ma cellule où des éclaboussures sanglantes ont séché entre les cloques de peinture ; et dans ma bouche, ma langue gonflée et dure comme du bois fibreux ; les Ray Ban vertes que Gomez, mon geôlier, ne quitte jamais, même pour me frapper ; la phrase d'Hassan Y Sabbah gravée en creux dans le plâtre mou d'un mur de ma cellule bouillante : "Rien n'est vrai, tout est permis" ; la porte de ma cellule qui s'ouvre et Jabbar qui entre ; les cheveux de neige de Jabbar ; les yeux dorés de Jabbar ; leur transparence ouverte sur le visage de Thomas, fixée sur des détails de mon corps ; les dédales de couloirs déserts où donnent des portes numérotées et où m'entraîne Jabbar qui m'a sorti de ma cellule ; Gomez qui surgit, raclant sa graisse contre l'arête d'un mur ; les coups de Gomez sur mon corps : ceintures, bâtons, barbelés, électricité, fers à repasser, braises, pinces ; l'extérieur, un soleil épais, les cris de douleur d'un prisonnier torturé, ou, comme l'affirme Jabbar, la plainte d'un chien martyrisé ; des silhouettes humaines peintes sur des murs, criblées de balles à l'endroit des yeux et du sexe, sur lesquelles les combattants de Jabbar s'entraînent au tir ; Jabbar agitant sa main droite levée vers une nuée de garçons aux fronts ceints d'un foulard qui scandent son nom ; un drapeau qui flotte sur un toit plat ; le ciel rouge sang qui écrase les mausolées de la ville des morts ; les mains puissantes de Mustapha qui déchirent la vapeur, me lavent et me massent sur l'ordre de Jabbar ; ma peau qui part en lambeaux brunâtres sous le gant de crin ; les bleus et roses des mosaïques, le blanc de la vapeur et de la mousse sur mon ventre et mes jambes, le noir des yeux de Mustapha.

« L'avalanche d'images n'a pas duré plus de deux ou trois secondes. J'attends le choc final de l'hélicoptère contre le sol. Mais la vitesse de la chute semble diminuer. La décélération me tasse sur mon siège. Le pilote a réussi à mettre les rotors en autogiration. La rotation des pales freine la chute...

« Le choc à l'atterrissage est quand même violent. Je reste sonné quelques secondes. Mais je pense à l'incendie de la turbine et aux risques d'explosion. Je me dégage de mon siège. Je déverrouille la porte. Le pilote se retourne vers moi. Il a les yeux exorbités. Une mousse blanche et rose dégouline aux commissures de ses lèvres. Il me crie en projetant devant lui des bulles de salive :

« – Tu ne trouveras jamais Angelo !

« Il sort de sa poche un couteau automatique à manche de nacre, déplie la lame, se jette sur moi. Je roule sur le côté, donne un coup de pied au hasard. Je vois le couteau planté dans la mousse du siège. Je l'arrache, saute hors de l'hélicoptère et cours dans le sable en serrant le manche de nacre dans ma main droite.

« Le pilote décroche une mitraillette fixée à la carlingue et se précipite sur mes traces. J'entends le crépitement de l'arme et je vois des petits geysers de sable levés autour de moi par les impacts des balles. Je plonge au creux d'une dune. Quand j'arrive au bas de la pente, l'hélicoptère explose. Une lueur orange illumine le ciel sombre et la crête de la dune. Une épaisse fumée noire rampe vers moi. Je cours en arc de cercle dans la direction de l'hélicoptère, traverse l'écran de fumée et m'aplatis au sol de l'autre côté de la carcasse en feu. J'attends. La fumée se dissipe. Le pilote me cherche.

« Maintenant, recroquevillé près d'une tôle brûlante, je ne vois que ses pieds qui avancent vers moi. Je sais que je n'aurai qu'une seule chance et qu'elle durera quelques dixièmes de seconde. Je prépare mon geste : bras droit horizontal dirigé vers la cible, poignet bloqué dans le prolongement de l'avant-bras vertical, le couteau bien à plat sur la main, la pointe de la lame tournée vers moi.

« Quand les pieds du pilote ne sont plus qu'à cinq ou six mètres, je me redresse et je lance le couteau. La lame décrit un demi-tour dans l'air, pénètre le cou de l'homme jusqu'à la garde. Je fonce, retire le couteau et le plonge plusieurs fois dans le ventre du pilote. Un jet de sang jaillit de la carotide crevée et m'asperge. L'homme tombe à terre, son ventre troué contre le sable.

« Alors j'ai l'impression d'être tout à coup au-dehors de moi. Je vois le sang de l'homme dégouliner le long de mon torse, couler jusqu'aux poils de mon pubis. Je vois une auréole rouge s'étendre sur ma braguette et la forme de ma queue durcie gonfler cette auréole. Je vois mes mains déshabiller l'homme mort à plat ventre dans le sable. Je vois ma main droite qui branle ma queue poisseuse du sang de l'homme, tandis que la gauche se crispe sur le manche de nacre du couteau. Je vois mon sperme gicler hors de moi-même, tomber en zébrures argentées sur les fesses imberbes de l'homme et sur la flaque de sang qui s'échappe de son corps et se mélange au sable.

« 1ᵉʳ juin.
« J'ai regardé l'heure à la montre-bracelet du pilote : il est minuit et demi. Nous avons volé pendant plus de deux heures vers le nord avant de

nous écraser en plein désert. Cela signifie que, à moins que le pilote n'ait tourné en rond pendant mon sommeil, le bordj dans lequel j'ai passé les huit derniers mois de ma vie était situé très au sud, probablement de l'autre côté de la frontière.

« Je m'endors près du cadavre, en m'enroulant dans les vêtements du pilote. Je me réveille très tôt, au lever du jour. Je doute fort qu'avec le soleil et les charognards, le cadavre du pilote reste long-temps identifiable. Je marche jusqu'à trouver une piste. Puis j'attends une bonne partie de la journée le passage d'un véhicule.

« Une Land Rover harnachée pour la traversée du Sahara s'arrête à côté de moi en fin d'après-midi. Deux Américaines hystériques se contor-sionnent à l'intérieur des tôles brûlantes pour me regarder me lever péniblement et marcher en tré-buchant jusqu'à elles. Elles me font boire et m'em-barquent. Coup de chance : elles vont jusqu'à Tu-nis d'une traite en se relayant au volant.

« Je leur propose mes services de conducteur habile. Mais elles préfèrent que je garde mon énergie pour un autre exercice : pendant que l'une conduit, je baise l'autre à l'arrière. La première ne perd rien du spectacle grâce au rétroviseur, et elle nous encourage par des cochonneries en améri-cain dont je ne saisis malheureusement pas toutes les nuances. Puis elles échangent les rôles.

« 2 juin.

« Inutile de dire qu'en arrivant ce soir à Tunis, j'étais beaucoup plus fatigué que si j'avais conduit pendant tout le trajet.

« 3 juin.

« Il y a exactement un an, dans cette ville, nous étions quatre dans un minibus : Dean, Carol, Marie et moi. Et nous allions descendre vers le sud. Dean allait mourir et j'allais rencontrer Jabbar à sa place.

« J'avais hurlé ce nom : "Jabbar", face aux trous noirs des canons des mitraillettes. Personne n'était venu. On m'avait enfermé. Gomez m'avait torturé.

« Dans un brouillard de douleur, de chaleur et de poussière, dans les relents de ma propre saleté, entre les vaisseaux éclatés de mes yeux rouges, j'avais vu entrer Jabbar. Son corps obligatoire. Avant même le regard doré, avant la tache neigeuse des cheveux.

« Et quand ce corps m'a frôlé, quand Jabbar a posé la semelle de sa botte sur la braguette sale de mon short, j'ai bandé comme un fou.

« Plus ma queue tendue résistait à la pression de son pied, plus je me sentais devenir femelle. Une fente se révélait entre mon corps et mon âme, une plaie ouverte dont les lèvres gonflaient de désir. Jabbar allait envahir ce vide.

« J'avais voulu qu'il me délivre et qu'il m'attache. Qu'il me protège. Qu'il me baise à mort.

« Esclave. Fils. Amant.

« 6 juin.

« Ça fait trois jours que je sillonne les quartiers périphériques de Tunis, les ateliers des mécaniciens et des électriciens autos. J'ai revu Copi. Il se souvient de Dean. Mais depuis il n'a fait travailler aucun Européen. Surtout un garçon blond du nom d'Angelo, il s'en rappellerait...

« De toute façon, je ne crois pas un mot de ce qu'il raconte : il prétend qu'il n'a jamais engagé Dean pour livrer une moto à la frontière. Effectivement, Dean lui avait demandé du travail, mais il avait refusé... C'était sans doute pour se venger qu'il lui avait volé la moto avec laquelle il s'était tué...

« À tout hasard, je dis brusquement :

« – Je suppose que c'est Jabbar qui vous a communiqué le goût remarquable d'écouter Saint-Saëns dans le cambouis et le bruit des machines-outils ?

« Je guette sa réaction, mais sa graisse reste parfaitement immobile. Il dit avec un étonnement convaincant :

« – Qui ? ... Jabbar ?

« 9 juin.

« Échec complet également dans les restaurants populaires des souks. J'ai seulement trouvé un vieux type qui affirme avoir rencontré Angelo et lui avoir parlé, mais il a l'air tellement dingue que j'ai du mal à lui faire confiance.

« Il tient absolument à me raconter qu'il a visité à Paris un salon de coiffure célèbre pour ce qui s'y était passé pendant la guerre de 14. C'était un guide qui rapportait l'histoire... Enfin, non, la vérité c'est qu'il n'avait pas visité les lieux, mais qu'il avait vu un film documentaire, et ce type, le guide de Paris, était interviewé... C'était pendant la première guerre, on manquait de viande. Alors le coiffeur finissait la coupe d'un gars, et puis il manœuvrait avec le pied la commande d'ouverture d'une trappe, et le client passait à l'étage inférieur où officiait un boucher qui l'achevait, le dépeçait et le mettait en vente.

« 10 juin.

« Fleuves de sang ocre, photos jaunies par le temps, traînées gluantes sur la mémoire d'une époque en noir et blanc.

« La trace d'Angelo a disparu dans la trappe du coiffeur de Paris, avec les clients débités au sous-sol pour le marché noir et les délires paranoïaques du vieil Arabe.

164

« Ça ne fait que onze jours que j'ai quitté Jabbar, mais je désespère déjà de retrouver Angelo et de le tuer... Et, si je ne respecte pas le contrat...

« J'ai peur... Je pense aux soirées rassurantes et pourtant tragiques que je passais à Paris avec Bertrand...

« Des nuits, des plats raffinés, des vins chers. Je ne cessais de parler et de noyer mes terreurs dans son regard et son écoute inlassables. Il ne répondait jamais vraiment à mes questions. Je me demandais parfois s'il avait un jugement sur les choses dont je parlais, en dehors de celui qu'il croyait le plus propre à dissiper mon angoisse. Pourtant il m'a appris les dévoilements de l'amour, les exigences et les trahisons des corps passionnés, les impudeurs de la jalousie.

« Dans ce legs de Bertrand, Dean, le visage de Dean, sa mort, étaient des joyaux intouchables et, comme je m'imagine toujours qu'il est trop tard, la seule occasion de pouvoir saisir une projection vivante, de chair, de sexe et de sang, de l'image cellulosique de Thomas.

« J'ai gaspillé cette chance. Condamné amour. Je dévalerai les pentes vertigineuses des nuits poisseuses vers des grappes de corps sales blottis ensemble aux pieds de géants armés de chaînes et bardés de cuir.

« Chaque minute écoulée occulte la perspective effrayante de ma quête. Mais chacune de ces minutes est à soustraire du compte à rebours qui rythme ma poursuite, réduit depuis la mort de Dean et la cession de mon âme à Jabbar, à une mince feuille de temps, lisse et blanche comme mon enfance sans souvenirs.

« 11 juin.

« Je tire jusqu'à hurler de douleur sur l'anneau d'or blanc qui enchâsse un diamant et transperce le téton de mon sein gauche. Un anneau que Jabbar m'a donné et obligé à porter, un trou percé dans mon sein par le plus beau garçon de son armée.

« " La cession de mon âme " ai-je écrit hier... Ou celle de mon corps ?... Ou bien encore celle de la saignée entre le corps et l'âme, ma fêlure offerte aux mots, aux coups, et à la queue de Jabbar ?

« Veut-il ressouder les lèvres disjointes de cet interstice, ou au contraire les étirer, ouvrir encore la fracture et la rendre plus profonde, qu'elle devienne un gouffre, puis un abîme dans lequel tous disparaîtront : Carol, Bertrand, Louise, Marie, Yehia, Malandat, mes parents, Radhia, Copi et tous les autres, tous les corps que j'ai touchés ?

« 12 juin.

« Je regarde un cargo porte-containers qui glisse lentement dans le chenal vers la sortie du port. Angelo est peut-être à bord, perdu comme je le suis dans les pestilences du lac.

« Un crissement de pneus dans mon dos. Je me retourne pour voir un garçon au front ceint d'un foulard sortir d'une BMW et avancer vers moi. Je me dis que je vais devoir me battre. Mais, quand il est plus près, je crois reconnaître celui qui a percé le téton de mon sein. Il me tend une enveloppe. À l'intérieur, une lettre de Jabbar :

Sylvain,
Ne perds pas déjà courage. Souviens-toi de l'accord que nous avons passé. Je t'aiderai à devenir un grand poète. Retrouve Angelo dans un port et tue-le. Quand tu le verras, tu le reconnaîtras. Tu sauras que c'est lui.

Pour annuler ce qui nous sépare, j'étais obligé de nous séparer. Car tu ne sais rien de l'amour. Tu n'as jamais été capable de te donner à quelqu'un entièrement. Tu ne sais pas aimer. Tu as exercé ton pouvoir de séduction sur des cibles faciles, choisies comme des archétypes. Carol, parce que l'idée que tu étais son premier grand amour après ses deux années d'infirmité te plaisait, même si ses mains sur ton corps, redemandant des caresses et de la tendresse, t'étaient devenues insupportables jusqu'à la nausée. Carol s'accrochait. Tu prenais conscience de ton sadisme et il t'excitait. Tu la baisais brutalement. Tu retroussais tes lèvres sur tes dents serrées. Tes yeux plongés dans les siens disaient : Tu n'attendais que ce moment, tu attendais ma queue gonflée au fond de ton ventre.

Retourne-toi. Mets-toi à genoux. Je te prendrai comme une chienne. Plus fort. Plus profond. Loin dans ton ventre...

Carol prendra sa revanche. Je le sais. Elle sera plus forte que tu ne le crois. Plus forte que tu ne l'as jamais autorisée à être. Que tu n'as jamais autorisé aucune femme à être...

J'ai confiance en toi. J'ai confiance en tes mots. Tes textes t'ont sauvé la vie. Si je ne les avais pas lus, je ne t'aurais pas sorti de ta cellule. Gomez t'aurait torturé à mort.

Tu dois me donner un poème tous les douze jours. Et cela fait douze jours aujourd'hui que tu m'as quitté pour partir à la recherche d'Angelo. Remets le premier poème à celui qui t'a donné ma lettre.

Va à Bizerte. Puis en Sardaigne.

Jabbar.

« De la poche arrière de mon jean, je sors des feuilles pliées en quatre :

« Prendre le temps de s'aimer, là.
« Tes cheveux se sont figés : poses de tueur.
« Des lambeaux de glace blonde.
« Cette douleur, sentir le ventre s'ouvrir sur la fin du temps.
« Et prendre le temps de s'aimer, là.
« Le tueur diaphane a des cheveux de serpents.

« Ils vinrent me visiter la nuit, ils se collèrent à mes rêves, ils se collèrent à ma peau.

« Et la femme-mère, le ventre ouvert sur la fin du temps.

« Je ne me reconnais pas. D'ailleurs ils ne m'ont pas reconnu.

« L'assemblée de mes personnages maudits dans ce hangar immense.

« Le fer... Le fer et le fer gris.

« Faire fondre la glace blonde.

« Les serpents emmêlés tombèrent sur mes épaules.

« Et ses cheveux : l'enfer est pavé d'anges déchus.

« Le soleil mexicain de 1930 fera fondre la saillie de glace blonde.

« On me chuchote à l'oreille la question : "Qui sont les reines de ce pays ?"

« Métisses au corps parfait ou colosses aux cheveux sales bardés de cuir ?

« Et la femme-mère a le ventre ouvert, poignardé sur la fin du temps.

« Le bourdonnement cesse maintenant, et j'atterris sur des villes sans nom.

« Le Prince est revenu.

« Les mitraillettes parlent.

« L'avenir, le ventre ouvert sur la fin du temps, et la solution qui se cache toujours.

« Je tends les feuilles au garçon. La BMW fait demi-tour et disparaît vers le centre de la ville.

« Pas un mot dans la lettre de Jabbar sur l'accident d'hélicoptère, la mort du pilote, ou ce que j'ai fait pour parvenir jusqu'à Tunis. Comme si rien ne l'étonnait. Comme s'il avait tout prévu et qu'il ait joui en solitaire en pensant à mon sperme qui ruisselait sur le cul du pilote et se mélangeait à son sang.

« 13 juin.

« Je suis arrivé à Bizerte dans la nuit. Le vent était fort. Je marche le long de la côte jusqu'à la corniche. Les hôtels internationaux sont regroupés là, pleins à craquer de Français, d'Italiens, d'Anglais et d'Allemands. Je change des dollars à l'hôtel Nador.

« Je reviens au port par la plage. Des centaines de gosses nagent et jouent au ballon. Des centaines de corps bronzés et musclés. Je reste allongé sur le sable brûlant à regarder le soleil en face. Plus tard, je traverse la vieille ville, les ruelles fraîches du souk, les odeurs du pain, des fruits et du cuir.

« J'ai dîné d'un ragoût de mouton. Les terrasses des cafés du vieux port sont bondées. Un type me suit, ivre et mal rasé. Il finit par m'aborder dans une pâtisserie.

« Nous marchons dans la ville. Il veut que je connaisse les endroits qu'il fréquente. Sur une place, il me montre cinq fenêtres d'un bâtiment :

170

« – C'est là que j'habite.

« Nous sommes entrés dans un bar aux murs bleu turquoise. Des types balayent le sol sale et trempé.

« – C'est un des seuls endroits où on sert de l'alcool. C'est ouvert jusqu'à vingt-deux heures. Là c'est trop tard... Tu vois le petit, le gosse, lui c'est le fils du patron... Le patron il est toujours en France pour jouer au tiercé... C'est aussi mon patron, il a des cafés, des camions et le garage. Je vais te montrer le garage. Moi je suis mécanicien auto, chef d'atelier... Viens on va au garage.

« Il se sert un verre d'eau à un robinet derrière le comptoir et m'entraîne dehors.

« Les rues sont plus sombres et désertes. Il s'engage dans une impasse :

« – Là c'est le garage... Viens.

« Il sort un trousseau de clés de sa poche et ouvre une lourde porte en fer. Il allume une lumière blafarde.

« Une cour intérieure entre des murs noirs. Une 404 bâchée occupe presque tout l'espace. Au fond, des pneus empilés, des moteurs en pièces détachées.

« Une nuit à Lyon me revient en mémoire... Fêlure interminable de l'autoroute tranchant la campagne, défilant sous mon corps, sommeil incoercible, sommeil à pas de géant, plomb fondu, lové dans un creux du matelas, dans un creux de tes bras, traverser ce matelas... Le visage de mon père

171

parle avec la voix de ma mère, image rémanente, interminable. Je me suis réveillé. Une odeur atroce avait envahi la chambre. Une odeur de merde qui venait de mes chaussures de tennis. Je les avais pourtant posées sur le rebord de la fenêtre entrouverte. J'avais fermé les volets pour ne pas voir les carcasses des bagnoles et les moteurs désossés : l'hôtel des Savoies était mitoyen avec un garage... Qu'étais-je venu faire à l'hôtel des Savoies ? Tous les hôtels de la place Carnot étaient complets. J'étais allé marcher sur le quai Augagneur. J'avais suivi un jeune type rasé et baraqué qui m'avait enculé dans une cabine de chiottes. J'avais dû marcher dans la merde. Je me suis réveillé le matin avec cette odeur, et j'ai entendu le chef d'atelier du garage vociférer contre un de ses ouvriers : "Alors Ali, qu'est-ce que tu fous ? Tu vas te remuer un peu le cul. J'emploie pas des Arabes pour qu'ils se tournent les pouces ! "

« Retour à la réalité. J'entre lentement dans le garage. Le type ouvre le capot de la 404 bâchée :

« – Je m'appelle Ali. Ici, je suis chef d'atelier.

« Il allume une baladeuse et me montre le moteur démonté de la Peugeot :

« – Tu vois, moi en une journée je te fais la révision complète...

« Il prend une bouteille de gin couverte de traces de cambouis qui traîne sur une chaise :

172

« – Merde elle est vide !... Je sais qui tu cherches à Bizerte... Angelo a travaillé ici. Un bon mécano... Mais il est parti... Je ne sais pas où il est.

« Je bois des gin-tonic avec le veilleur de nuit du Club nautique. Il fait beaucoup d'efforts pour parler :

« – Tu m'as donné à boire, tu es mon ami, amigo mio, ma sœur à Bordeaux, je voudrais y aller, mais travailler ça me dégoûte, je n'ai pas le droit de crever la faim... J'ai ton adresse, tu es mon ami et ma sœur à Bordeaux, tout ce qu'il faut, je viendrai.

« Plus tard j'appelle son collègue qui vient le chercher. Puis je téléphone. J'apprends que l'alpiniste Ken Laurin, mon ami, s'est tué en montagne.

« 16 juin.

« Une crique déserte de Cabrera. Des récifs lunaires en protègent l'entrée. Un paysage de fin du monde. Le début d'un autre monde. Exterminations, orgies dans les rues, rires des gamins. Nous avons exigé ce qui nous revenait de droit.

« Pour quelle cause l'armée entraînée par Jabbar se battra-t-elle ?

« 19 juin.

« Arbatax. On dirait le nom d'un magicien, d'un fakir, ou d'un robot guerrier japonais. En fait, c'est le nom d'un port sarde où je suis arrivé à l'aube.

« J'ai fait le tour de l'immense digue protégée par un enrochement de blocs de béton. J'ai suivi deux gosses qui escaladaient les blocs et se retournaient vers moi de temps en temps.

« Sur la face intérieure de la jetée, des marins des quatre coins du monde ont inscrit la date de leur passage et le nom de leur bateau. Quelquefois leur port d'attache. Beaucoup ont également fait des dessins, des couleurs, des coques, des armes, des inscriptions de toutes sortes. Marquer de son signe l'aléatoire, l'immobilité d'un havre, rêver à l'immobilité inaccessible.

« Dans les villes que je traverse, je lis les graffiti sans joie, sur des murs moisis mais sans odeur.

« Je pense à une caméra panoramiquant devant cette jetée couverte d'inscriptions :

    15 09 80 Gwenda
    MAZZELLA 9/79

DONA
1-8-80   **TIA HUANACO**
SOL   M.A.

« Tous ces ports où je laisse un peu de mon énergie se ressemblent. J'ai parlé avec un Français genre baba-cool des mers qui navigue sur une goélette de seize mètres. Il attend depuis dix jours que la météo soit favorable pour traverser vers la Grèce. Il me raconte qu'il a vu un cargo écraser un voilier de dix mètres contre le quai : comme une boîte d'allumettes dans la main qu'on referme.

« Je me lave à une fontaine au milieu des détritus, près d'une station-service Agip. Des types qui nettoient et repeignent un vieux remorqueur me regardent.

« Une vieille pédale adipeuse me prend en stop. Je descends à Tortoli. Ce village est incroyable. Des dizaines de gosses bruns assis sur des marches attendent on ne sait quoi.

« Dans une agence de voyage, je revois le vieux pédé qui m'a pris en stop. Il dicte un texte à une secrétaire, puis répond au téléphone : "Oui monsieur je vends de l'exotisme, du soleil, des cocotiers, des jolies filles, des alcools ambrés qui chauffent le ventre... Ah ça n'est pas ce que vous cherchez... Mais oui bien sûr, tout ce que vous voulez : grosses queues marocaines, enfants thaïlandais, jeune vierge tahitienne, vieux Chinois au bout du voyage, fumeries d'opium contrôlées par le gouvernement, visite de conserveries de morues, enculage de chèvres sur la place publique..." Sa voix se perd, couverte par un tube italien mielleux, bellâtre aux yeux de velours, minettes succombant aux mâles dans des discothèques aux lumières orangées.

« Je marche vers le port. Je me retourne en entendant le bruit d'une voiture sans pot d'échappement. Une vieille Fiat 500 avance péniblement en rasant les bas-côtés. Petite silhouette ramassée contre l'asphalte dont la chaleur modifie la transparence de l'air. J'ai une intuition bizarre. Je fais des signes au conducteur. La voiture s'arrête près de moi dans un concert de craquements. J'ouvre la porte de droite et je me penche à l'intérieur. Au volant, une sorte de sosie de Frank Zappa me regarde avec un air interrogateur. Il accepte de m'emmener jusqu'à Arbatax. Je m'assois sur un siège crevé. Le type finit par réussir à passer la première. Le pot de yaourt s'ébranle avec des couinements pathétiques.

« Le conducteur ressemble vraiment à Frank Zappa, mêmes longs cheveux noirs, même moustache, même air d'être issu d'un croisement entre un lévrier afghan et un oiseau de proie. Il s'appelle Luigi, il est guitariste dans un groupe du coin dont il me fait écouter un enregistrement. Musique étrange qu'on dirait composée au fond d'une crypte baignée de lumière bleutée, hypogée synthétique, corps de prêtres flottant dans l'air qui sent la poussière, la mort lente, les cris des sorcières torturées par l'Inquisition... Et cette voix : or liquide, la voix du fils adolescent d'un prêtre vaudou. Je suis certain de connaître cette voix. Une évidence. Je dis quand même :

« – Qui est-ce qui chante ?

« – Un mec qu'on connaissait pas. Il était pas d'ici. Je l'avais rencontré sur le port. On avait parlé de musique. Il m'avait demandé de chanter dans mon groupe. Il avait cette voix incroyable...

« – Comment s'appelle-t-il ?

« – Ici, il se faisait appeler Angelo, mais je ne crois pas que ce soit son vrai nom.

« – Où est-il ?

« – Je ne sais pas. Un jour il est venu comme d'habitude à la répétition et il a dit qu'il ne pourrait plus chanter avec nous, qu'il devait partir.

« – Tu ne sais rien d'autre ?

« – Il m'a demandé quel était le meilleur moyen pour rejoindre Malte...

« Angelo est venu là. Il a posé sa voix de métal en fusion sur la musique de Luigi. Et j'ai retrouvé sa trace.

« Je pense de nouveau à une caméra panoramiquant devant la face intérieure de la jetée couverte d'inscriptions. Un groupe de militaires est en train de peindre sa marque : "QUEEN LISA 19/6/85 MALTA ." Corps musclés prisonniers des treillis verdâtres, caméra s'immobilisant devant les câbles enduits de graisse lovés sur des rouleaux posés sur le quai, devant des bateaux de pêche aux couleurs vives gommées par le sel et le soleil.

« 24 juin.

« Sur le ferry qui m'emmène de Messine à La Valette, un garçon m'aborde, tard dans la nuit. Accoudé au bastingage, je suis absorbé dans la contemplation d'une mécanique parfaitement répétitive : la phosphorescence du plancton agité par la vague d'étrave du ferry, croisée par des rayons de pleine lune. Le garçon veut un poème. En échange il me remet une lettre de Jabbar.

« Je lis la lettre allongé sur ma couchette, à la lumière du plafonnier :

Sylvain,

Je voulais te parler encore de Carol et de tes tentatives d'aimer d'autres femmes. Des gamines que tu séduisais dans des cafés aux vitres dégoulinantes de pluie et de poussière, boulevard du Montparnasse, avenue Émile-Zola ou porte de Montreuil. Des livres de classe et des cahiers étaient posés sur les tables poisseuses. Les filles buvaient des cafés, assises sur des banquette déchirées en plastique rouge. Des adolescents boutonneux tournaient autour d'elles, dans une sorte de ballet gauche et désespéré, de la table au bar, du bar au flipper, du flipper aux jeux vidéo, et des jeux vidéo à la table. Tu leur faisais fumer du mauvais hasch, écroulés sur ton lit aux draps sales, pendant que Carol s'ennuyait dans des dî-

ners d'étudiants en médecine ou en architecture...
Tu t'allongeais au bord du lit en laissant pendre
tes jambes écartées dans le vide. Tu avais enfilé un
vieux blue-jean très serré. La fille lançait des
coups d'œil obliques vers ta braguette gonflée.
Quelquefois tu passais la nuit entière chez elles, à
l'insu de leurs mères, dans des chambres d'enfants
fraîches et roses. D'autres fois, celles-ci couvraient
les coucheries de leur fille et te lançaient des regards complices et magnanimes. Ou des regards
de désir. Vous échangiez quelques mots dans des
salons sombres où la télévision était encore allumée, autour de tables de cuisines éclairées par des
tubes au néon où les gamines te semblaient déjà
moins belles. Les mères rangeaient des assiettes et
des couverts dans des égouttoirs à vaisselle et les
filles te prenaient la main et t'emmenaient dans
des chambres en désordre, aux murs couverts
d'affiches de films allemands et américains, où
traînaient par terre des livres de poche d'auteurs
sud-américains. Vous vous étendiez sur des lits
étroits et bruyants et vous faisiez l'amour dans le
noir, fougueusement. Tu t'endormais en leur tour-
nant le dos, coincé contre le mur, après quelques
baisers rapides. Quelquefois, le lendemain matin,
tu les accompagnais en voiture à leur lycée. Vous
allumiez une cigarette que vous fumiez en silence.
Elles te disaient au revoir parce que c'était l'heure
des cours, en t'embrassant tendrement, et te de-
mandaient quand vous pourriez vous revoir. Tu

accordais un baiser distrait, presque dégoûté, et tu fixais un rendez-vous vague avec l'air grave de quelqu'un de très occupé. Elles descendaient de ta voiture. Tu démarrais et tu les voyais dans le rétroviseur te regarder t'éloigner et répondre à des copines qui venaient autour d'elles pour savoir qui tu étais...

Je te dirai sur toi-même ce qu'on ne t'a jamais dit.

Jabbar.

« Je suis remonté sur le pont. La lettre de Jabbar me fait bander. Je pense à ce qu'il a écrit, aux regards de ces gamines sur la braguette de mon jean. A celui de Laurence, surtout. Je veux jouir. J'avance vers un petit corps clair allumé par la lune : une daurade échouée contre le plat-bord. Ventres argentés des poissons mort-nés fuyant l'envers du décor vers un havre de douce amère solitude enivrée comme souvent la rosée du matin sur une peau lisse ambrée transpire la misère, un mur de fer, une fusion des images bien rangées bien peignées, nos poils, nos espoirs, fleurs de faïence éclatées, diagnostic allergies contractées dans les eaux stagnantes des marais oubliés, des ventres sales, des sexes mous et rouges purulents d'entrailles séchées au soleil d'un nouvel été, symptômes évidents d'une lumière frigide, raidie, dorée, d'un sexe qui me pénètre, des bras de Jabbar autour de mes hanches, de ses cuisses contre les miennes, de ses mains qui tordent les tétons de mes seins, de ses dents qui mordent jusqu'au sang le bas de mon cou, qu'il jouit en moi et que je me fais jouir au même instant de la main droite, que mon sperme inonde le rouge des coussins, et que la dernière note du "Chant des Enfants Morts" résonne encore quand le magnétophone éjecte la cassette avec un déclic de réalité nette, tranchante, plastique et métallique, et que je m'endors comme un gosse contre le flanc d'un père incestueux.

« 29 juin.

« La Valette, capitale de Malte. Je viens de parler avec une putain qui a connu Angelo. Elle a même fait l'amour avec lui. Gratuitement. C'est bien la première fois qu'Angelo me laisse une empreinte sexuée. Réaliste et charnelle, très loin de l'impression d'avoir croisé une sorte de demi-dieu qu'ont eue tous ceux qui l'ont rencontré et avec qui j'ai parlé de lui.

« J'emmène la fille à mon hôtel. Je la paie. Je la paie bien. Je la baise violemment, parcouru par le fantasme qu'il reste peut-être en elle un peu du sperme d'Angelo et qu'à son contact ma queue me parlera de lui.

« Mais c'est la fille qui me parle d'Angelo: ils n'ont pas fait l'amour qu'une fois. Il s'est attaché à elle. Il est resté trois semaines. Puis il est parti. Il

lui a écrit. Il est au Pirée. Elle refuse de me montrer sa lettre.

« Quel incroyable mélange dans cette ville : les
fortifications à la Vauban du port, les grandes silhouettes des touristes anglais, le rouge des coups
de soleil sur leur peau blanchâtre, des traces du
Maghreb sur les corps bruns des garçons de l'île,
leurs poses de petits machos italiens.

« J'ai écrit cette lettre :

Un soir dans un de ces bars longs et étroits
où les putains attendent les clients. Ici se mé-
langent des ambiances de ports de perdition, de
fin du monde dans un verre d'alcool et de fête
touristique du Nouvel An. Les verres de JB s'alignent sur ma table. Je viens de repenser à ce
rêve que tu m'as raconté. Je passais une nuit
terrible, une de ces nuits où l'on glisse vers le
fond de la violence, de la boisson, de la drogue
et du sexe. Une de ces nuits où des images introuvables te poursuivent inlassablement. À la
fin de cette nuit, je revenais dans ta maison. La
mienne. Tu m'attendais. Tu étais assis à table. Je
venais m'y asseoir aussi, sans un mot. Nous
mangions.

Je pourrais vivre cette scène maintenant, si je
revenais. Car je n'aurais rien à raconter. Ni sur
mon voyage que tu contrôles à distance, ni sur
Angelo que je ne trouverai peut-être jamais, ni

sur l'amour. Je ne pense pas à écrire : je me noie dans l'écriture.

Sylvain.

P.S. Par endroits cette ville ressemble à Rome. Et je crois me souvenir d'un pont de Rome où nous marchions ensemble.

« 13 juillet.
« Les enfants meurent-ils tous ? Ken Laurin il y a un mois, Paco Allman aujourd'hui : il participait à une course d'avions sur un petit monomoteur. Il allait survoler les côtes d'Irlande. Il a disparu. Qu'est-il devenu ?

« 19 juillet.
« Brindisi. Au comptoir où je prends mon billet pour Patras, on me remet une lettre. Elle est de Jabbar, évidemment :

Sylvain,
J'ai aimé lire ta lettre de Malte. J'ai surtout aimé cette phrase : « Je me noie dans l'écriture. »
Le meurtre d'Angelo sera le bout de ta nuit blanche. Comme dans mon rêve ton retour dans ma maison au petit matin...

« Et Jabbar me parlait d'autres nuits. Celles où je dérivais dans des bars et des boîtes sinistres. Je draguais des éphèbes prématurément vieillis, aux corps blancs et malades. Des petits Arabes de Barbès fourgueurs de Captagon ou de Dynatel. De vagues voyous au teint pâle, à la voix grave et aux dents ébréchées dans des bagarres hypothétiques, qui portaient des blue-jeans moulants aux braguettes suggestives. Je m'imaginais disparaissant, abandonnant mes amis pour vivre dans une chambre d'hôtel minable de Montmartre ou de Crimée. Saint-Genet me dévorait. Passagèrement. Je suis velléitaire. J'écrivis des chansons :

J'étais venu chercher l'amour
Très tard Boulevard du Crime
Rasoir tendresse des yeux de velours
Lèvres rouges au bord de l'abîme...

« J'imaginais pour les chanter des voix chaudes et lourdes, nimbées de réverbération. Jim Morrison, le Roi-Lézard, avait laissé la graisse et la barbe envahir son visage. La mort d'une image. Ne plus supporter l'exigence toujours plus impérieuse de millions d'yeux, de bouches, d'oreilles et de sexes...

« J'écoutais Oum Kalsoum pendant des heures. Je me repassais trois fois de suite "Mahagonny" chanté par Lotte Lenya. Je me voyais souple et aminci, me déhanchant sur la scène d'un cabaret berlinois des années trente, m'asseyant nonchalamment sur un piano à queue, dans des lumières mauves et bleues... Des synthétiseurs qui imitaient des bandonéons argentins se cognaient contre des guitares froides de New Wave anglaise...

« J'étais un caméléon du mythe. Les images se multipliaient, complémentaires, différentes, contradictoires. À leur intersection, j'imaginais un art plus juste, plus plein. Je rêvais d'un principe de désir. Celui que l'on tue chez les enfants qui vieillissent : être tout à la fois, coureur automobile, champion de voile, écrivain, acteur, rock-star, metteur en scène, clochard à Bogota, camé à la chair maigre et fibreuse qui attend sa dose sous le soleil brûlant à Gibraltar ou à Mexico...

« Noir ou blanc, bon ou mauvais, désir ou absence de désir, histoire ou absence d'histoire. Je voulais remplacer les " ou " par des " et ", réunir en moi tous les contraires, vivre de mes oscillations entre eux. Mais l'idée de la faute était là. Avec le prix à payer pour en obtenir le rachat.

« Et la lettre de Jabbar disait :

Les années de ta jeunesse s'étaient étirées en un long ruban de plâtre qui n'avait pas marqué ta mémoire. Tu crevais d'un besoin de souvenir, d'un manque d'images. Mais ta revanche fut boulimique. Tu te mis à digérer des cultures, des influences, des pensées, dont tu croyais par un effet de narcissisme primaire qu'elles n'attendaient que toi pour les vampiriser. Mais il faut du temps pour imprégner une âme. Il faut l'épreuve du corps. Tu n'étais qu'un arriviste de l'image.

Tu choisissais des mythes comme buts à atteindre. Tu courais après leur immatérialité. Morrison, El Hombre Invisible, ce prétendu amour pour Dean... A-t-on idée de se faire appeler « Dean » ? As-tu déjà entendu un surnom plus stupide ?

Alors tu finis par inventer le paradoxe suprême, d'un masochisme parfait : retrouver, toucher, aimer le corps et le visage de Thomas, l'image d'un acteur dans un film, un vingt-quatrième de seconde chimique, optique et plastique.

Tu devras détruire ce paradoxe pour devenir un vrai poète.

Jabbar.

« 12 août.

« La ville de Lépante s'appelle aussi Nafpactos. Naupacte.

« Dans l'obscurité du petit port circulaire, les formes lourdes d'un bac abandonné et d'un ponton-grue rouillé. Des mecs veulent que j'échange mes Rothman contre leurs cigarettes locales. J'accepte. Nous buvons des bières sur le quai. John fait son service militaire dans l'armée de l'air. Il a cette curieuse intelligence de certains gros garçons qui savent tout ce qui se passe dans leur région, connaissent tout le monde, parlent plusieurs langues et font manger les voyous du coin dans leur main.

« Quatre-vingt-un incendies allumés en même temps. Personne ne les revendique.

« On boit beaucoup. Des joints tournent. Un des types revient d'Australie. Un autre qui ressemble à un Néron de bande dessinée dit qu'il a vécu dix ans à New York. 90e Rue. Il ne tient plus debout. Il s'écroule au bord du quai. Il dit :

« – Moi je ne travaille pas... Je suis chimiste... Mescaline tu connais ?

« 14 août.

« Dans une épicerie sombre de Galixidi, j'ai parlé avec un ancien président de la Cour d'appel. Son français est impeccable. Il prétend qu'un médecin vient de détruire le mythe de David et Goliath en affirmant que Goliath souffrait d'une maladie endocrinienne qui affaiblit, trouble la vue et ramollit les os du crâne. Ainsi la pierre de David n'eut aucun mal, en pénétrant jusqu'au cerveau, à le tuer sur le coup.

« 16 août.

« Depuis que je suis entré dans ce bar du Pirée, le type me regarde. Fixement. Sans la moindre gêne.

« Il paie ce qu'il a mangé : un demi-poulet frit et une bière, et il s'approche de ma table. Il me salue. Il pose devant moi un bout de papier grisâtre sur lequel il a écrit :

My heart is better than honey in mouth...
My life is...

> 16/8/85
> 10 p.m.
> Good night.

« Au verso du bout de papier, il a noté son adresse à Palghat, dans l'État de Kerala. Il est indien. Il s'appelle Ashok Bhavan.

« Il me regarde encore. Il me dit en anglais :

« – Je sais que tu écris. Je l'ai senti. Moi, en Inde, je suis scénariste... Va à l'hôtel Lux, dans Philonos. C'est bourré de Chiliens... Mais demande John l'Australien, de ma part. Ici on l'appelle Iannis... Tu dois parler avec lui... Tu dois y aller.

« Ashok Bhavan est parti comme ça, en me disant que je devais venir le voir en Inde.

« Au large du port, la baie d'Éleusis est remplie de cargos fantômes, morts, immobilisés par la crise. Les émigrés de Gambie, du Bangla-Desh ou du Chili continuent quand même d'affluer croyant qu'ils vont faire fortune.

« À l'hôtel Lux, ils vivent à quatre par chambre, en attendant de trouver un embarquement. Il y en a qui ont attendu si longtemps qu'ils ont fini par oublier pourquoi ils ont quitté leur pays pour venir ici.

« J'ai trouvé Iannis à l'hôtel Lux. Il s'est mélangé aux Chiliens. En ce moment, il est bosco sur le "Poséidon", un porte-containers qui est à quai au fond d'un bassin d'Agios Georgios. Le samedi, ses copains du Lux ou du Santos viennent faire la fête à bord.

« 18 août.

« Hier, j'ai pris une chambre au Lux. J'ai l'impression que tous les mecs ici sont plus ou moins pédés. Même Iannis. Il paraît qu'il baise le cuisinier chilien du "Poséidon".

« Iannis m'a présenté Aman qui a une chambre au Youth Hotel. C'est le chef des Bengalis : il négocie avec les intermédiaires pakistanais qui viennent de temps en temps à l'hôtel pour transmettre les offres d'armateurs véreux.

« Aman collectionne des souvenirs des ports du monde entier. Il tient aussi un journal dans lequel il prend des notes qu'il illustre de photos polaroïd. Il me le montre. Je le feuillette. Un peu avant la dernière page écrite, une photo attire mon attention. Elle a été prise sur le port, le 11 août : derrière des marins chiliens et gambiens, il y a la silhouette d'un garçon qui semble plus jeune, blond, et dont le visage est masqué par l'épaule d'un des hommes du premier plan. Je demande à Aman s'il sait qui c'est. Il dit :

« – C'est un mec qu'on connaissait pas... Sympa... Il faisait de la musique... Il a trouvé un embarquement assez vite, il est pas resté longtemps.

« – Tu sais son nom ?

« – Angelo, je crois...

« – Il a embarqué pour où ?

« – Je sais pas... Mais tu peux demander à Peter, l'Allemand. C'est lui qu'a fait la transaction pour l'embarquement.

« 19 août.

« Peter est un faux-jeton. Tout le monde le sait et personne ne lui fait confiance. Malgré son uniforme à quatre galons, pas un type ne croit qu'il est vraiment officier mécanicien de la marine allemande.

« En ce moment il habite un hôtel assez luxueux un peu en retrait du port. Il recrute pour le "Maria Teresa", un cargo allemand qui doit soi-disant arriver au Pirée d'un jour à l'autre. Plusieurs Chiliens se sont déjà fait avoir : ils ont versé entre 1 500 et 2 000 dollars sous la table à Peter contre la promesse d'être embarqués. Évidemment aucun bateau du nom de "Maria Teresa" n'est attendu au Pirée.

« J'ai parlé d'Angelo à Peter. Il me dit :

« – Tu vois, les temps changent, la chance tourne. Il y a quinze jours je faisais la manche avec ton copain, le blond, il joue bien de la gratte... Et aujourd'hui je suis là.

« Et il désigne d'un geste pompeux la chambre autour de lui et les fringues neuves qu'il porte.

« Je dis :

« – Angelo a embarqué pour où ?

« – Hambourg... via Chypre et Sitia. Ce coup-là c'était pas une arnaque... Je lui ai vraiment trouvé un bateau : "Le Hamburg's Dream." Mais il a payé réglo. Mille dollars. Je lui ai fait un prix parce que je le trouvais sympa... Il était beau ce môme... Mais je sais pas où il a trouvé le fric. Il y en a qui disent qu'il a fait la pute en ville pour très cher. Moi je crois qu'il était dans le coup du casse de la bijouterie... C'était juste la veille de son embarquement, comme par hasard...

« 23 août.

« Sitia. J'ai pris une chambre au Crystal Hotel. Cette pension me rappelle celle de Porto Rico où j'habitais, près de Condado Avenue.

« J'attends l'arrivée du "Hamburg's Dream". Mais il a dû être retardé par le coup de vent qui souffle depuis trois jours.

« Au fond de la baie, devant la plage et le grand hôtel carré en béton brut, les vagues se brisent sur les superstructures d'un cargo échoué, poussé là par une tempête de nord-ouest comme celle qui se déchaîne aujourd'hui.

« 24 août.

« Le "Hamburg's Dream" vient d'arriver. Il est sinistre et complètement rouillé. Des types de l'équipage se sont mis à repeindre le bastingage. Parmi eux, un Indien me sourit. Un Cheyenne.

« Le Cheyenne me présente le commandant. Celui-ci m'affirme qu'il n'a jamais embarqué récemment un garçon blond ou qui que ce soit du nom d'Angelo.

« Cette fois je suis fatigué.

« 26 août.

« Hiraklion. Je me saoule à bord du voilier de jeunes aristos allemands. Un des types connaissait bien Bob Marley :

192

« – Oh! Bobby était un "H-Man", le vrai cerveau c'était sa femme!

« Devrais-je aller chercher Angelo à Kingston?

« Je fouille dans la table à cartes. Il y a là-dedans les profils de milliers de kilomètres de côtes que je ne connais pas. Je trouve des bouts de papiers où des notes sont griffonnées en français: quelques phrases de Léautaud:

« "Un type de l'homme supérieur Talleyrand. Une phrase d'un roman nouveau... Pour treize substantifs, neuf adjectifs. Le roman a 270 pages. Sous réserve de l'intérêt du sujet, on voit à combien de pages il pourrait être réduit."

« Ça me fait penser à Jabbar. À la nausée qui me vient depuis quelques jours quand je relis ses lettres, lourdes et écœurantes comme des pièces montées de communion solennelle. Mais aurai-je jamais le courage de les réduire à rien?

« 2 septembre.

« Cythère. El Hombre Invisible faisait dire au docteur Benway:

« "Le sujet ne doit pas voir dans ce mauvais traitement une agression de sa personnalité par quelque ennemi antihumain. On doit lui faire sentir que la punition qu'il subit, quelle qu'elle soit, est entièrement méritée, c'est-à-dire qu'il est affligé d'une tare horrible non précisée... Si j'évite en règle générale de recourir à la torture – laquelle tend à cristalliser l'opposition et à mobiliser les forces de résistance – j'estime en revanche que la menace de torture contribue à inspirer au sujet le sentiment approprié d'impuissance doublée de gratitude envers l'interrogateur qui n'en fait point usage..."

« Je mettrais ma main à couper que Jabbar a connu El Hombre Invisible. Sans doute l'a-t-il même hébergé dans le bordj où il me retenait.

« Jabbar avait mis fin aux tortures de Gomez. C'était évidemment pour me soumettre à la menace permanente d'une autre torture. Je m'étais engagé à retrouver Angelo et à le tuer. Sans rien savoir de plus. Sans rien demander. Seulement pour l'écriture. Pour garantir mon accession au statut de poète. Ne pas respecter le contrat, c'est m'exposer à la douleur de savoir que cela aurait été possible et ne le sera plus jamais.

« Aujourd'hui, je veux seulement avoir mal, tout de suite, définitivement. Je veux une douleur totale. Je veux qu'on me fouette jusqu'au sang. Que des insectes rouges viennent boire sur mes plaies. Qu'un colosse me pisse dans le cul et recouse mon rectum à vif. Je veux que la douleur me brûle et me dévore de l'intérieur. Je veux me déliter, me liquéfier et m'évaporer autour du point nodal de la douleur.

« 12 septembre.

« Un ange blond m'a insulté. Il voulait que l'on se batte.

« S'il savait !... Le temps ennemi doit avoir la clé de cet ange, et celle d'Angelo. Ou s'il ne l'a pas, l'espoir explose, même cet espoir noir cautérisé par la brûlure argentée des cheveux de l'albinos qui montait péniblement l'escalier d'un restaurant italien, balançant entre la rambarde de fer forgé et la cloison laquée rouge, se collant aux murs comme un papillon de nuit aveuglé par notre désespoir, ses ailes lourdes engluées dans les graisses des plats dont je me suis gavé.

« J'imaginais une blessure, une douce égratignure qui aurait exclu l'écoulement du temps. J'imaginais Angelo. De son désert Jabbar m'imaginait.

« Cette odeur de violence qui n'est que l'expiation sans cesse renouvelée d'une faute inventée... Si t'en as pas envie, peut-être que ton copain à la table d'à côté, celui qui a un anneau d'or à un doigt de la main gauche, peut-être que lui il dirait oui ? Peut-être même qu'il prendrait son pied, que tout seul, si seul, devant une glace de sa chambre, il se branlerait en pensant à moi, ou à lui, à sa queue ou à la mienne, en pensant simplement qu'il y avait deux corps jeunes qui se touchaient, qu'il m'avait déchargé sur le ventre et que ça faisait des traînées blanches dans la nuit noire de toute cette merde.

« 19 septembre.

« J'ai reçu cette lettre, comme si Jabbar lisait dans mes pensées :

Sylvain,

Tu n'apprivoiseras ni la douleur ni la violence par des compulsions désespérées. Ne demande pas à ceux dont tu sais d'avance qu'ils seront insensibles, de pardonner la faute dont ils te croient coupable rien qu'en ouvrant les yeux sur ton corps.

Tu confonds les douleurs verticales, ponctuelles, maîtrisées, que j'ai sculptées sur ton corps et qui multipliaient nos désirs et nos jouissances, avec une autre douleur horizontale, diffusée par les vieux principes de ton éducation qui entreprirent un patient travail de sape et d'affaiblissement quand ta pensée commença à échapper à leur contrôle.

Tu avais été en parfaite santé jusqu'à ce que tu aies réalisé quel gâchis avait été ton enfance dont il ne te reste qu'un seul souvenir : ce filet de sang qui coule de ton genou blessé. Un dimanche matin de la fin du mois d'août 1979, la maladie te saisit.

Quelle maladie?... Personne n'en sut jamais rien. Tu avais de la fièvre, des étourdissements, des nausées. Ton ventre gonflait. Tes intestins te brûlaient. Il te semblait que tout ton corps pourrissait, se liquéfiait, qu'il n'était plus qu'une énorme plaie rosâtre et purulente. Ta souffrance intérieure devenait terrible. Obsession permanente des os à nu qu'un ongle gratte. La craie sur le tableau et la main de l'élève impubère qui glisse, le bruit de l'ongle sur le tableau. Les os à nu. Les lambeaux de chair dessinent des pétales. Des fils de cuivre portés au rouge entourent l'os. Les fils de cuivre du téléphone de nuit, celui des rendez-vous d'amour.

Tu cherchais dans des vieux films en noir et blanc l'ancienne impression que tu avais de toi, introuvable, en promenade dans les ruines de Delphes ou sur la Côte Sauvage de Quiberon.

Tu consultas plusieurs docteurs qui se contredirent et avancèrent des diagnostics infirmés par les analyses toujours négatives. On prétendit que tu avais une hépatite virale, une infection intestinale, des amibes et autres parasites exotiques aux noms compliqués finissant par « ose », que tu aurais contractés lors de ton voyage à Porto Rico. On te bourrait de médicaments qui ne servaient à rien. Tu perdis connaissance dans des toilettes de théâtres et de cinémas. À l'intérieur de tes tripes JC... Appelons ainsi l'ensemble des bonnes vieilles valeurs de ton éducation, le bien et le mal, la faute et le pardon, le rachat et la pénitence, et, plus sournoisement, cette étrange notion chère à ta famille, d'équilibre et de limites à ne pas dépasser... JC, donc, marquait des points. Un de tes médecins observa sur une radio de tes intestins que tu avais un côlon droit particulièrement développé : « Ach ! Mégadolichocôlon ! Les patients atteints de ce type de malformations présentent souvent des composantes hypocondriaques et hystériques inquiétantes... » Il te prescrivit *illico* une potion à base d'ergot de blé. Tes troubles disparurent. On porta le médecin aux nues. Je crois plutôt que JC avait marqué un point de plus : ta famille te pressait de trouver un travail décent, et tu finis par t'occuper du service de presse d'une des sociétés de ton père.

C'est alors que tu eus l'idée d'écrire un roman qui commençait par ces mots :

« Il y a la page. Blanche.

« Il y a la page blanche et il faut la couvrir, centimètre par centimètre de la chair froide des mots. De cet absolu cadavérique, assassin et vulgaire. »

Cette velléité d'écriture disparut après trois semaines de bureau. Tu vivais avec terreur des minutes qu'il te semblait avoir connues dans le passé. Était-ce à Lille ? Était-ce au lycée de Versailles ou au collège religieux de Rueil ?... Des plaisanteries stupides et des cancanages dérisoires agitaient les services. Des bons mots fusaient dans les couloirs. Des ingénieurs rougeauds dont les ventres pendaient sur des pantalons mal coupés racontaient des histoires sinistres de jeunes putains moroses qu'ils avaient baisées dans des Sofitel de Caracas, d'Abidjan ou d'ailleurs. Des relents de cuisine fade aux sauces lourdes et farineuses, de cuites au gin dans des bars d'hôtels internationaux et de drague d'hôtesses de l'air mal rajeunies par des plâtras de maquillage. Vous buviez au restaurant du coin du mauvais beaujolais nouveau, et vous mangiez des charcuteries grasses et suintantes dans des décors pseudo-rustiques. Ces après-midi interminables, lourds de vins et de mangeaille, refermaient sur toi des pièges cyniques et blêmes...

Jamais l'impression de déjà-vu n'avait été aussi forte. Il te semblait revivre ce dimanche après-midi d'hiver sur le parking du campus de l'université de Lille balayé par un vent du nord glacé. Un autre dimanche tu errais dans les larges avenues de Versailles où passaient seulement quelques autocars climatisés aux vitres fumées qui amenaient des touristes allemands et japonais au château. Tu revins chez tes parents avec qui tu avais déjeuné. L'obsession de manquer d'argent les avait saisis. Le fuel coûtait cher. Ta mère avait décrété qu'il fallait chauffer le moins possible. La maison était glacée. Deux taches de lumière rompaient la pénombre : dans la salle à manger baignée de lueurs grises où ton père assis à un mètre du poste de télévision regardait une émission de sport, dans la lingerie où ta mère cousait et repassait en écoutant RTL sur une radiocassette qu'un associé de ton père avait réussi à avoir à prix réduit grâce à ses relations chez Philips... Comment en était-elle arrivée là ? À ces après-midi solitaires dans la lingerie aux murs couverts de papier à fleurs. À ce gâchis. Elle avait été belle. Mannequin, speakerine de radio, directrice d'une maison de couture. Elle était intelligente et brillante, drôle et indépendante. Comment avait-elle pu déchoir ainsi depuis ta naissance, et devenir cette femme triste et seule, aux renoncements trahis par le bel éclat des yeux clairs, gris ou bleus selon le jour ?

Tu pris la décision de ne pas retourner le lendemain dans les bureaux de la société qui t'employait. Ta famille cessa de faire des tentatives pour te ramener dans le droit chemin du monde des affaires et de l'industrie. Tu t'accrochais à un avenir spectral dont la spécificité leur semblait être la paresse et la facilité plutôt que la décadence généralement admise. Pourtant tu savais que l'apathie qui engourdit les corps et les âmes te menaçait moins. Tu l'avais subie à Lille pendant plus d'un an et tu avais réussi à t'enfuir par une autoroute verglacée qui descendait vers le sud. Tu savais aussi que contre elle, l'angoisse et le doute incessants qui t'agitaient étaient de bons exorcismes. Ceux-là mêmes qui craignaient pour toi étaient depuis longtemps prisonniers du monstre centripète et apathique de la certitude. Cette pa-

resse molle et blanche, aussi blanche souviens-toi
que les années de ton enfance, avait transformé la
vie de ta mère en vingt années de vide...

C'était compter sans JC qui dans tes entrailles ne
contenait plus sa rage. Ton corps fit de nouveau les
frais de ta croisade héroïque. Quitter ton emploi
était une faute. La sanction n'allait pas tarder.
Quinze jours plus tard tu commenças à avoir des
maux de tête violents qui devinrent vite insoute-
nables. Les analgésiques que tu absorbais ne t'ap-
portaient aucun soulagement. Tu ne pouvais plus
ni lire ni écrire. Tu restais des après-midi entiers
allongé sur le ventre, la tête sous un oreiller, puis
tu allais t'enfermer dans des salles de cinéma dont
tu sortais plus mal encore. Tu te réveillais la nuit
avec des terreurs épouvantables que les caresses et
les mots de Carol n'atténuaient pas. Un mot tour-
noyait dans ta tête, que tu finis par prononcer devant elle : tumeur. Bientôt tu ne parlais plus que de
cela : de ta tumeur au cerveau. Tu lassais tout le
monde. On finit par t'indiquer l'adresse d'un neu-
rologue. Celui-ci te fit distraitement un électro-en-
céphalogramme qui s'avéra parfaitement normal.
Dans la demi-journée qui suivit, tes douleurs céré-
brales disparurent. Elles ne revinrent jamais. Mais,
dans la substance de tes nerfs provisoirement apaisés, JC préparait la revanche...

Jabbar.

« Je suis mal. Je suis épuisé. La nausée qui suivait la lecture des lettres de Jabbar est devenue trop forte. La mémoire du plaisir, le nom d'Angelo, le fantasme de la poésie ne me suffisent plus. J'en ai assez de ces lettres qui ressemblent à un feuilleton à épisodes. J'en ai assez de ce JC grotesque qui me fait penser aux bouffons globuleux qui matérialisent les enzymes dans les publicités pour lessives. Jabbar m'a fait chialer en s'en prenant à ma mère. Il n'aura plus un mot de moi. Il faudra qu'il trouve un autre enfant poète qui lui écrira tous les douze jours. Je coupe les ponts.

« 29 septembre.

« Je suis à Hambourg.

« Pulverteich vers deux heures du matin. J'entre au "Tom's Saloon". Western bar, uniformes de jeans, sur les murs des dessins de géants aux sexes moulés dans des pantalons de cuir. Sombre forêt de muscles et de poils baignés des effluves écœurants du poppers. "Liebe ist kälter als der Tod." L'amour est plus froid que la mort. C'était le titre du premier film de Fassbinder. Je l'imagine ici, sa chemise rouge écossaise et son jean pendant sous ses fesses.

« Au "Pit Club", des pédales bon chic bon genre se dandinent devant des glaces ambrées qui atténuent leur laideur et leur renvoient un reflet multiple, punaisé sur la laque noire des murs.

« Plus tard, cette vision des longs couloirs orangés et roses des Penny Arcade Peep Shows où se succèdent les cabines : Homo, Lesbo, Solo...

« J'ai trouvé l'Exquisit Bar vide, absolument vide, après avoir escaladé deux étages d'un hôtel minable.

« La rue est barrée par une haute porte de fer peinte en rouge. Il est écrit : "Interdit aux moins de 18 ans et aux femmes." En vitrine dans la rue : jeune Chinoise sublime, grosse Allemande blanche aux seins lourds, blonde décolorée seulement vêtue d'un harnais de cuir. Les femmes qui se risquent dans la rue reçoivent des verres d'eau que leur lancent les putes. Et si ça tourne mal, on voit s'interposer la face huileuse d'un mac brillantiné, accrochée par un éclat de lumière, qui fait rentrer très vite les choses dans l'ordre.

« Il y a, terribles, cette discipline, cette odeur de délation, cette sorte de violence absurde et bestiale, contenues dans l'air.

« 14 octobre.

« J'ai fait l'amour. Des phrases me viennent spontanément à la bouche. Je les murmure, seul, dans la pénombre orangée de la cuisine éclairée seulement par la porte entrebâillée du frigidaire.

« Le goût du sirop de framboise qui coule dans ma gorge et ces mots vagabonds comme des photos souvenirs : Dans toute cette merde, il y a la lame blanche de son sourire qui découpe l'obscurité de la chambre et qui pourrait faire fondre l'Arctique, l'Antarctique, tout l'Alaska et la Sibérie.

« Et ensuite, tôt le matin, dans la froideur de l'aube : C'est à croire que j'ai une âme, pour sentir ta queue si loin, au-delà de mon ventre, pénétrer quelque chose, trouver cette âme et la remplir.

« 19 octobre.

« Et cette envie de came. Immense. Éclater par ailleurs que par mon plaisir impossible, muselé, enseveli sous les raisonnements pseudo-scientifiques et les statistiques bidon.

« Une radio diluée dans la pièce : J.J. Cale entame "Cocaïne". Mes nerfs crissent de jeunesse étouffée. Trouverai-je un lieu pour ce que j'ai à dire ? Un corps où laisser courir mes mains ? Une épaule où poser ma tête ?

« L'idée c'est de trouver l'enfant vierge. Celui qui ne porte pas le virus. Le traquer dans ces ports écrasés de chaleur où trafiquent les maquereaux huileux et les marins au corps ferme. Angelo c'est lui.

« Le héros d'un livre. Des récits avortés qui se rencontrent, entre le vrai drame et mon masochisme complaisant.

« Créer la surprise, par le sang ou l'éclair de la lucidité.

« 20 octobre.

« Je relis cette lettre :

Ces matins – que je voudrais toujours uniques
et renouvelés – quand la mémoire de ton corps me
réveille, quand la mémoire de ton regard me fait
aller – debout.

Jabbar.

« 21 octobre.

« Cork. C'est la douleur qui me guide. J'écris à la
lueur des veilleuses de l'Alfa. Je lance des crachats
sanglants sur le sable mouillé. Au bout du chemin
il y a une cabane blanche. Je dois me rendre à
l'évidence : je n'ai jamais atteint ce post-roman-
tisme mythique dont je me vante. Sinon parlerais-
je de douleur ?

« Et la douleur est bien là, dans cette nuit sans
lune aux ombres inquiétantes qui semble convoquer les dieux et les génies celtes... Ceux de la mer
et du vent, de la brume et de la tempête, de l'orage
et des sorcières qui guettent de leur tanière le passage de l'adolescent vierge.

« À gauche il y a les formes sombres des arbres
courbés par le vent. Le ciel noir semble les toucher. Et là-bas, les champignons de plâtre des immeubles à bon marché surgis des dunes.

« Je pense à l'enfance que je n'ai pas eue. Ou à l'adolescence. Pas d'après-midi à ne rien faire et à apprendre la drague. J'allais de mes courses de voitures miniatures aux ponts des voiliers sur lesquels je naviguais. Jamais de difficulté, jamais de conflit. Je n'ai pas appris à dire non.

« 12 novembre.

« Aéroport de Marseille. Je lis quelques pages d'un livre. Je me dis que l'auteur réussit à tirer des conséquences bien grandioses de l'observation de faits mineurs. D'abord, je suis jaloux de lui, de la puissance de sa transfiguration. Ensuite je change d'avis : on ne devrait pas sentir la distance entre ce qu'il a vu et ce qu'il a écrit.

« Je ne sais plus pourquoi je voyage de port en port. La raison en est inscrite dans ma mémoire, mais le contrat passé avec Jabbar ne trouve plus exactement en moi de résonances précises. Tout est devenu possible.

« Qui descendra de l'avion ? Jabbar, Bertrand, Carol, Angelo ?

« Il y a les vitres fumées de l'aéroport ouvertes sur les pistes grésillantes, les sièges de plastique bleu pétrole séparés par des piliers et des bacs où sont fichées des plantes vertes qui ressemblent à des imitations.

« Et un peu à ma gauche, un photomaton : "Votre photo couleur 4 formules au choix en

4 minutes. 7 francs. " Un gosse arabe attend ses photos, le dos appuyé à la cloison de formica, une jambe un peu arquée, les reins cambrés. Dois-je aussi me faire photographier ?

« La machine ronronne. J'attends mes photos. Il y aura la trace des années. Ce "je suis vieux" que je répète souvent tout en me disant que ça doit commencer à être vrai.

« Ces clichés feront-ils partie des rares qui me plaisent ? Ou au contraire de ceux où je lis sur mon visage la mollesse grise des dimanches après-midi versaillais de ma jeunesse, le tracé imparfait des lignes de ce visage, les justes proportions d'un nez ou d'une bouche trahies par l'effort trop évident, tragique, de la quête d'un soleil sous la lumière du flash ?

« 19 novembre.

« J'ai attendu plus d'une heure à la poste centrale de Tanger pour avoir cette lettre où est écrit :

Le désir de ton désir. Demain. Tu verras.

Jabbar.

« Je vais rejoindre la Chinoise électrique. Je sais que c'est trop tard. On s'est déjà ratés, malgré le soleil en face et les cafés des casbahs où nous parlions les mêmes mots. Mots informulés qui sonnaient dans le ventre de l'autre et résonnaient longtemps, ravivés par un regard.

« Elle ressemble à Justine dont la main avait glissé le long de la braguette de Dean.

« Dean qui ressemblait tant à Thomas.

« 1er janvier.

« Premier jour... Premier temps... Frankfurt am Main. Pourquoi, quand je pense à la nouvelle année, ces souvenirs de Malte me reviennent-ils ? Les guirlandes, les lumières colorées, les bars en longueur de La Valette.

« Au bord des pistes, la désolation en béton barrée de lignes jaunes, droites, froides, tirées par des esprits sans fêlure, tranchées au rasoir dans la mosaïque des gris de brumes ou de ciels. Les squelettes blancs, verts, bleus, des avions endormis. L'air aussi, tout l'air, est gris, perçant. Il s'insinue entre les jambes lourdes des femmes de service qui vident les cendriers et celles des hommes moustachus empâtés, aux cheveux blond sale, qui aspirent avec des gestes mécaniques la moquette de la cabine, livrent de nouveaux repas rapides, rechargent le projecteur de cinéma.

« PIA : Pakistan International Airlines... Les noms fascinants des compagnies aériennes. Dans cet avion, des femmes habillées de rose et de mauve ont les ailes du nez percées de boucles d'argent. J'ai vu trois enfants dans cet avion qui va à Karachi *via* Francfort, Le Caire et Dubaï. Avec cette même peau profondément sombre, les mêmes yeux noirs aux cils interminables, et quelques mèches rebelles, comme des éclats de jais.

« Blue sucker... Le suceur bleu... Pourquoi ce nom ? Pour moi ?... Pour la musique des mots sans doute. Les mots dont reste le son et dont le sens s'estompe de plus en plus.

« Le Caire. Cairo. Le nom d'une ville rouge et noire. Ou noire et jaune. En fait, une ville d'ocres. Ocre jaune, rougeâtre, sali, pollué, et la beauté à perte de vue. Un autre monde où hurlent les klaxons.

« Au Golden Hotel, je partage pour trois livres par nuit la chambre d'un type que je n'ai pas encore vu. Deux lits métalliques me rappellent les colonies de vacances où je ne suis pourtant jamais allé. Fantasmes des sanitaires d'adolescents. Longues rigoles de porcelaine au-dessus desquelles sont perchés les becs des robinets rouillés. Plafonds très hauts. Sur les murs des peintures vertes ou bleu pâle s'écaillent. Des cloques gonflées d'eau éclatent. Du plâtre pourri jonche le sol. L'odeur du vieux caoutchouc des matelas, et celle plus belle, ensoleillée, de l'éther, car l'infirmerie est à côté, toute proche, et que nos genoux écorchés sur les pierres du chemin saignent dans l'odeur des euca-

lyptus... Les genoux des garçons que je n'ai pas
connus.

« 2 janvier.

« Il est deux heures du matin. Je sors du ham-
man avec Y. Mustapha, le masseur, m'a baisé deux
fois. C'est un tendre. Il jouit très vite. La première
fois je n'ai pas réussi à bander. Excitation dissoute
dans les gouttes de vapeur. Je me suis allongé sur
le dos, sur le sol humide et sale. J'ai passé mes
jambes sur ses épaules, autour de son cou. Il s'est
mis à genoux. Il m'a baisé. La deuxième fois,
c'était debout, près de la douche d'où coulait un
mince filet d'eau tiède. Je me suis branlé le dos
contre le mur gras.

« Nous attendons un taxi. Plusieurs passent.
Y. annonce en criant notre destination : Zamalek.
Ils ne s'arrêtent pas. Nous marchons dans la Shari
El Azhar. Le milieu de la rue est un champ de la-
bour : la construction du métro sans doute. La lumière orange des réverbères troue la brume ocre
de pollution. D'où nous venons la silhouette d'un
pont piétonnier enjambe la rue. Entre les deux
chaussées deux hommes âgés sont assis sur des
pierres. Ils ont allumé un feu devant eux. Les
nuits sont froides. Avec quoi ont-ils fait le feu : une
fumée noire monte vers le ciel ? D'énormes engins
de chantier jaunes élèvent des cheminées de fer-
raille vers les immeubles massifs. À l'autre bout de

la rue, des piles de ponts en construction, un échangeur routier compliqué, pointent dans la brume.

« Dix-huit heures environ. Mardi toujours. J'ai demandé une haschicha au serveur. La nausée monte en moi. Je voudrais être ici. Avoir été d'ici. Toujours. D'ici et de partout. Mais le décor tournoie : le mur d'une mosquée, la plaque bleue sur le mur "Chereh El Machad El Hossein", un réverbère orange, le minaret éclairé par des rampes vertes, les uniformes des militaires, un bout d'enveloppe bleu blanc rouge, "Air Mail", déchiré, coincé entre les dalles de ciment. Qui a écrit cette lettre ? L'a-t-on jamais postée ? A-t-elle été perdue par l'expéditeur ou abandonnée par le destinataire fatigué des déclarations d'amour et des promesses incertaines d'un amant vieux, gras et rose de Hanovre ou de Bruxelles ?

« Je marche pour ne pas vomir. Maintenant j'ai froid. J'écris, adossé à un muret, derrière une mosquée. Un très bel enfant passe à côté de moi. Lui aussi a un stylo à la main. Il sourit. Il veut me montrer qu'il sait écrire. Il trace des signes sur un bloc dérobé à une administration. Sait-il vraiment écrire ? Comment le saurais-je ? Il délie quelques lignes bleues de droite à gauche, et moi quelques lignes noires de gauche à droite.

« Décrire l'indescriptible ? Souks, saleté, misère, ruines, une beauté comme une autre... Est-ce que, à Paris, j'écris sur les magasins de chaussures de la rue de Rivoli ou sur les fourreurs de l'avenue George-V ?

« Il n'y a rien d'autre à dire que ce qui m'arrive. Si je parle d'un détail c'est qu'il me ramène à moi-même. Ce furent presque les mots de Jabbar, quand je me plaignis à lui de ne pas réussir à transcrire ce que je voyais.

« 3 janvier.

« Les enfants que je n'ai pas connus... Loïc et les effluves ensoleillés de l'éther à Majorque où je suis revenu. Je loue une voiture à Palma. Une Seat verte qui brille sous le soleil dur de l'hiver.

« Loïc n'est plus là. Il a grossi. Il boit trop de bière. Il a coupé ses longs cheveux noirs. Je l'appelais "l'Indien".

« Je laisse la voiture sur le port de Soller. Je prends le petit train qui va en ville. Je cherche la pharmacie. L'éther sulfurique est toujours dans une bouteille de plastique blanc opaque. Je crois que c'est la même femme qu'il y a quelques années qui me sert. Mais elle ne se méfie plus quand je demande l'éther. J'ai vieilli. Mon espagnol s'est amélioré.

« Je sors avec l'éther dans un sac en papier. Le papier fétiche qui enveloppe les bouteilles de vin ou de whisky des ivrognes de Bukowski. Je retrouve le même arbre que quand j'étais avec Loïc, et je m'assois contre son tronc. Le petit train passe devant moi. Je respire l'éther et je regarde vers le ciel.

« 4 janvier.

« Encore un lit métallique comme celui du Golden Hotel qui a fait démarrer mes souvenirs, ou mon absence de souvenirs.

« Les taches du matelas ne sont même pas celles de l'amour. Les fringues dégueulasses d'un Allemand traînent dans la chambre : sac à dos, blouson de moto, casque, butagaz, bouteille thermos, un vieux "Herald Tribune", une moitié de pain de mie, un jean plein de cambouis. L'armoire n'ouvre plus. Je me regarde dans la glace. Où sont toutes ces années de mémoire défaillante ? Il n'y a plus que la marque des corps, des lèvres, des sexes, des poils, des salives, des muscles et des peaux.

« Alors, je pense à New York. À une nuit dans Harlem chez l'Hindou.

« 6 janvier.

« New York. J'ai refait exactement le même trajet que la première fois où je suis venu dans cette ville : Kennedy Airport, train jusqu'au Rockefeller Center, taxi jusqu'à la 95e Rue. Je suis entré dans le long couloir bleu pâle de l'hôtel. J'ai pris une chambre. J'ai payé. Je suis ressorti. Joe était assis au comptoir du fast-food, en bas de l'immeuble où habitait l'Hindou. Il n'avait pas changé. Jenny est entrée. Elle s'est assise à côté de lui. Elle avait le même béret grenat posé sur ses cheveux noirs et ses deux anneaux dorés aux oreilles. Joe continuait sûrement de proposer les services de Jenny pour la coke, l'herbe, ou quelques minutes d'extase. J'ai dû changer parce que maintenant on ne se retourne plus sur mon passage.

Je n'ai pas voulu entrer dans le fast-food et parler à Joe. De toute façon il ne m'aurait pas reconnu. Il est dévoré par le hasch et les amphés. J'ai parlé avec des types assis sur un banc. Ils buvaient des bières en boîte. Je leur en ai payé d'autres. Je leur ai demandé s'ils avaient vu l'Hindou. Il paraît qu'il ne vit plus ici. Deux mois plus tôt il est parti chercher de l'argent dans le New Jersey et il n'est jamais revenu.

« 8 janvier.

« Le Caire de nouveau. Impossible de dire pourquoi. J'ai toujours cette impression de croiser par instants une autre légende, l'histoire de quelqu'un d'autre.

« Nous marchons dans Sayida Zeinab. Y. et Y. sont avec moi. Près de la maison où habita Bonaparte, entre deux murs très anciens, je vois les minarets de la grande mosquée sur le ciel pâle. Y. dit :

« – Ouvre les yeux. Ici il y a les plus beaux garçons du monde.

« Nous revenons vers la voiture. Nous escaladons une grille peinte en vert et nous voyons des hommes qui dansent. Deux rangées face à face qui se retournent en sens inverse, balancent leurs têtes, leurs cous, leurs épaules, au son des voix des chanteurs. Y. dit :

« – Certains sont déjà en transe maintenant.

« Une joie immense monte du groupe.

« Nous roulons jusqu'à la citadelle. Nous prenons le périphérique qui sort de la ville. Nous longeons la ville des morts. Des milliers de mausolées envahis par un million de gens. Ils habitent dans les tombes. Une ville rampante. Plus loin, les minarets d'une mosquée. Des garçons perchés sur des échafaudages restaurent des fresques. Des gosses jouent au football dans les rues très larges.

« Nous descendons jusqu'à Al Hocein. Nous déjeunons là : du jarret de veau fondant. Partout on reconnaît Y. Des hommes l'arrêtent dans la rue. On lui dit :

« – Promets-moi Pacha que tu nous donneras encore un chef-d'œuvre.

« Nous nous enfonçons dans les petites rues derrière El Azhar. Il y a peu de monde à cause du match de football entre l'Égypte et l'Algérie.

L'Égypte s'est mis un but à elle-même. Plus tard une clameur monte sur le parking devant le poste de police : l'Égypte vient de marquer.

« Quelque part dans une de ces ruelles, une ouverture laisse voir des machines qui enroulent du fil blanc sur des bobines. Robots de fer agités de mouvements automatiques saccadés. Derrière, dans une clarté grise, des hommes regardent la télévision.

« Nous entrons dans une cour encombrée de détritus, de morceaux de pierres et de bois, qui pue l'urine et la merde. Y. monte un escalier sombre. Il nous appelle. Nous montons. Dans la pièce unique, dix personnes regardent la télévision. Un homme maigre d'une soixantaine d'années est allongé sur le lit. Il a un beau visage. C'est un poète. Il écrit les textes d'un chanteur révolutionnaire. Régulièrement la police politique vient l'arrêter, le met en prison, puis le relâche. J'ai le souvenir de Jabbar, fugitivement.

« Y. traverse la ruelle et va serrer la main d'un vieil homme assis sur une chaise contre un mur. Il dodeline doucement de la tête. Il porte des lunettes noires. Il est devenu aveugle à la suite d'une ophtalmie jamais soignée. L'homme presse très fort la main de Y. Il y a un moment d'émotion terrible. Figé. L'homme est chanteur. Il chante les poèmes du révolutionnaire chez qui nous venons d'aller. Y. me dit :

216

« – Ce type est en train de crever de faim, et sa voix est connue dans le monde entier. Tu peux trouver ses cassettes à Paris si tu veux. Il s'est toujours fait avoir. Il n'a rien.

« Nous entrons dans Batnaia, le quartier de la drogue. Les regards ont changé. Ils sont plus durs, plus perçants. Il y a moins de bruit, une sorte de concentration, mais aucune trace de violence. Les hommes ont des gros blocs de haschich à la main. Ils en vendent des morceaux qu'ils coupent avec les dents. Y. dit :

« – Dans une heure, la Dachlea saura que je suis venu ici.

« Y. me dit :

« – Tu vois, si les flics font une descente, ils planquent tout. Il y a des souterrains, des tas de trucs... Des centaines d'yeux qui te suivent... Il suffit d'un signal, d'un regard, et l'information fait le tour du quartier.

« Un garçon arrête Y. Il l'a reconnu. Il veut nous offrir des sodas. Il veut aussi nous vendre du hasch. Nous refusons. Il joue au dur. Y. lui propose de passer à son bureau, puis dit à Y.

« – Tu lui feras raconter son histoire...

« Y. dit au garçon :

« – Tu risques d'aller en prison pour le hasch.

« – Je vends du hasch, je vais en prison. Je tue quelqu'un, je vais en prison... Autant tuer quelqu'un.

« Il serre la main de Y. Un instant son regard et son attitude changent. Sa dureté s'évanouit. Nous partons. Y. dit :

« – C'est un timide, vous avez vu comment il dit au revoir ?...

« 12 janvier.

« Des grappes de péniches descendent le Nil dans une brume de soleil laiteux, de poussière et de pollution. Je regarde l'anneau d'or blanc qui transperce mon sein. La marque de mon appartenance à Jabbar.

« J'ai rencontré Ahmed avant-hier au hammam. Il a des yeux grands, noirs, très doux, un estomac un peu gonflé, des mains puissantes et rugueuses. Il n'arrivait pas à bander. Il avait fumé trop de hasch. Il dégueulait sous la douche, contre le coin d'un mur. Il essaya toutes les positions, me mit à genoux, sur le dos, sur le ventre, étalé sur le sol gluant d'eau et de boules de cigarettes éventrées.

Hier, j'ai joui trop vite. Il a continué de m'enculer longuement. J'avais mal. Il finit par jouir. Je voulais dormir. Mais son souffle contre moi me dégoûtait. Il respirait fort et toussait. Je me mis aussi à tousser. Il est peut-être tuberculeux. Il a essayé pendant la nuit de m'enculer de nouveau. Son sexe dur s'écrasait sur mon dos, mes fesses, mon ventre, mes cuisses. Mon écœurement montait. J'avais envie de le frapper, d'éclater sa tête contre le mur. J'ai hurlé pour qu'il arrête. J'ai allumé la lampe de chevet.

« Couloirs sombres, verdâtres, gluants, d'un bâtiment du ministère de l'Intérieur. Police secrète. Un département par étage : communistes, droit commun, terroristes... On avouerait n'importe quoi ici. Même et surtout des crimes que l'on n'a pas commis. Tortures longues et blêmes. Éclaboussures de sang sur les murs. Gémissements imprégnés dans le salpêtre, signatures des hommes sur le ciment pourri avec leur sang, leur sperme, leur merde. Afin qu'il subsiste quelque chose d'eux, quelque chose d'autre que le silence, après qu'ils seront passés entre les mains des bourreaux impassibles.

« Dans la Zastava rouge, Y. demande à Ahmed quel travail il fait, là-bas, à Sayida Zeinab, derrière le passage à niveau. J'apprends qu'il égorge des moutons aux abattoirs. Je sens ses mains rugueuses sur moi. Je revois sa silhouette s'éloigner dans la nuit le long des étals vides et des bazars fermés, ses jambes qui plongent dans des hautes bottes de caoutchouc brun. Docteur Ali marche à côté de lui : mais non, ce n'est rien ces taches violettes et purulentes sur ton gland. Allergies, simples allergies à l'air, à la poussière, au temps qui passe, à la misère ou aux corps mous et blancs, dégoulinants, des éléphants de mer artistes ringards en tous genres, metteurs en scène de boulevard au chômage et acteurs parfumés reconvertis en bonimenteurs de grands magasins ou en représentants de commerce pour le compte de trafiquants italiens qui planquent du mauvais speed dans des cadres d'aquarelles où sont peints des garçonnets aux joues roses et des chats réjouis qui jouent avec des pelotes de laine, des lithogravures psychédéliques d'extra-terrestres femelles pâmées dans des espaces intergalactiques striés de rayons laser multicolores...

« Le masseur karatéka qui sert de videur au hammam range sa queue dans son slip, referme son pantalon, sort un paquet de Marlboro et montre à Docteur Ali les comprimés blancs de speed cachés au fond.

« Longs cortèges de moutons poisseux de pollution qui traversent les rues de Batnaia. Ils portent des taches de teinture rose sur la tête et le dos pour indiquer qu'ils vont à l'abattoir. Ils marchent vers les mains d'Ahmed qui m'ont caressé cette nuit pendant que ses lèvres épaisses me couvraient de baisers.

« 15 janvier.

« La pluie menaçait hier soir. Elle est tombée pendant la nuit. Elle a débarrassé pour un moment la ville de la poussière et de la pollution. Le vert des feuilles est éclatant. Des bancs de terre et d'herbe dérivent sur le fleuve. Mais, dans les quartiers pauvres, à Boula ou à Sayida Zeinab, les ruelles se transforment vite en marécages. La boue s'infiltre partout, entre dans les maisons collée aux semelles des enfants.

« 18 janvier.
« J'ai reçu cette lettre poste restante :

Me dire que le temps de l'amour – ou ce que je marquais sous ce nom, c'est-à-dire le plaisir enfoncé dans la chair – est bien terminé. Ces années-là ne vivent que par le ressac. Se contenter de faire comme si, ce qui a l'avantage d'amener toutes ces désillusions qui agitent l'âme. La supériorité immense de ces faux-semblants et de ces "trompe-cœurs" est de tuer les autres plaisirs et paradoxalement de rendre disponible. Ou, si le jeu cesse : de condamner à être exemplaire. Programme magnifique quand la rigueur domine.

Quant à toi, je sais qu'il m'arrive d'être bien simplement parce que tu existes.

« Une lettre postée à Venise, tapée à la machine, sans signature, sans nom, sans adresse. De Carol, de Bertrand, de Jabbar ?

« Quel cirque ! Jabbar tout à coup détaché du plaisir !

« Jabbar qui m'avait attaché les poignets à une barre horizontale, bras écartés au-dessus de la tête. J'étais nu, debout. Mustapha m'avait rasé les poils du pubis, des couilles et du cul. Jabbar avait fait entrer douze garçons de son armée. Ils étaient venus tour à tour derrière moi. Ils ouvraient la braguette de leur short, crachaient dans leur main droite, enduisaient de salive leur queue tendue et m'enculaient avec des cris sourds, leurs doigts crispés sur mes hanches. Ils jouissaient vite. Après chaque orgasme, Jabbar s'avançait, s'agenouillait derrière moi, plaquait ses lèvres sur mon anus et aspirait le sperme du garçon qui venait de jouir.

« Dean aurait pu être avec eux. Ou Thomas. Jabbar aurait connu le goût de leur sperme.

« Mes jambes se repliaient. Tout le poids de mon corps tirait sur mes poignets attachés. Le douzième garçon avait joui. Jabbar était venu en face de moi. Il m'avait pissé sur le torse, sur la queue et les couilles, dans la bouche. Il m'avait détaché une main et je m'étais branlé pendant qu'il m'enculait. J'avais joui comme un malade.

« Angelo a-t-il connu Jabbar ? A-t-il été à ma place, les poignets attachés à la barre horizontale, ou à celle d'un des douze garçons ?

« Douze garçons, un poème tous les douze jours. Je n'ai pas respecté le contrat.

« 21 janvier.

« Dans la gare d'Alexandrie, à la descente du train, l'oppression est terrible. Je n'ai qu'une solution : marcher droit devant moi. Je ne m'arrête que parce qu'un vieillard me prend le bras :

222

« – C'est trop tard. C'est fermé.

« Je vois que nous sommes devant la grille des catacombes. Je lui explique que je n'ai jamais pensé les visiter. Il dit :

« – Plus loin, il n'y a rien... C'est fini.

« Je rebrousse mon chemin. J'erre sur une grande avenue où passe un tramway. Des hommes âgés gardent des grilles rouillées closes par des chaînes cadenassées. Derrière les grilles, des bâtiments délabrés, désaffectés, déserts. Je monte dans un taxi collectif. Je change de taxi. J'indique n'importe quelle direction : la poste centrale. Mon angoisse est de plus en plus incontrôlable. Un magasin de pompes funèbres croule sous les fleurs multicolores. Des mosaïques bleu pâle tapissent le mur du fond d'un grand café enfumé, troué par les couleurs criardes d'une télévision mal réglée. Au bout de la rue, la mer. Je n'attends plus qu'elle, comme une délivrance. Je ne trouve qu'un immense port vide, un demi-cercle de digues et d'enrochements parfaitement inutiles. Je m'assois dans un café pour écrire. Je n'ai plus d'encre. J'achète un autre bic.

« 22 janvier.

« Près du fort, au bout de la pointe, des hommes toronnent des amarres soutenues par des tréteaux.

« Une monstrueuse odeur de poisson avarié. Des cageots empilés jusqu'au ciel. Sous mes semelles, la poussière mouillée se transforme en une boue puante. Au bout du marché, sur l'étal d'un vieil homme, deux murènes tachetées de jaune et de noir vrillent sur moi leurs petits yeux méchants. Des hommes vivent et travaillent dans les baraques du chantier naval, le long du littoral. Des moutons et des chèvres grignotent des copeaux de bois entre les bateaux de pêche à sec. Quelquefois, entre les cahutes, un bout de mer verte et sombre, sous les nuages massés à l'ouest. Derrière une barrière de rochers, la ligne des cargos ancrés en rade. Deux vieilles femmes en noir sous un abribus jaune. Un autre garçon vêtu de bleu pâle ondule avec des gestes féminins. La vision se dégage, vers une plage couverte d'ordures, quelques enfants et un bateau en construction, seul, orange.

« 25 janvier.

« Dans les tombes de la Vallée des Rois, sur les murs des antichambres, des couloirs et des chambres funéraires, sont inscrits des extraits de différents livres : le Livre des Portes, le Livre des Cavernes, le Livre du Jour et de la Nuit, le Livre des Morts, le Livre du Monde Inférieur, le Livre d'Aker, le Livre de ce qui est dans l'Autre Monde.

224

« Des livres métaphoriques et millénaires, mais dont les traces ont pénétré la pierre, infiniment plus tangibles que ce journal.

« 26 janvier.

« Le chien écrasé est allongé sur la route, sous la guérite d'un flic qui surveille un carrefour de la corniche d'Assouan. Ses pattes se détendent par saccades, en spasmes dégoûtants. Deux hommes veulent traîner son corps jusqu'au trottoir. L'un est jeune, l'autre vieux, en gallabeyya bleue. Le jeune emprunte la canne du vieux, puis ramasse un bâton. Il essaie de prendre le ventre du chien entre les deux morceaux de bois. Mais les soubresauts du corps l'effraient. Le bois glisse sur les poils grisâtres, contre les côtes saillantes. Le corps se retourne. Il repose sur l'autre flanc. De nouveau les quatre pattes se détendent. La tête du chien, de ce côté, est une bouillie sanglante. Le garçon fait un pas en arrière. Il regarde ses copains. On dirait qu'il va vomir. Il lance le morceau de bois contre la rambarde qui longe la corniche. Le fer frappé résonne. Le garçon rend la canne au vieil homme qui, fermement et sans hésiter, pousse le corps du chien contre le bord du trottoir.

« Je marche vers le restaurant "Moon" où j'ai rendez-vous avec un garçon d'Abu-Simbel qui a peint sur les murs de la salle à manger des paysages du Nil aux couleurs lourdes et violentes où

225

se superposent d'énormes visages de femmes nubiennes. J'entends, venant du fleuve, en bas des marches, la musique soudanaise d'Abou Obaïda saturée par un magnétophone en mauvais état.

« Je me retourne. Quelques hommes regardent encore le chien que je vois comme une minuscule tache triste dans la nuit orangée. Je devine encore les derniers raidissements des pattes qui secouent le corps, comme d'absurdes prises d'élan pour tenter de revenir à la vie ou pour plus vite sauter dans la mort.

« 31 janvier.

« Cafétéria de l'aéroport du Caire. C'est comme si la monstruosité de son fils mongolien au faciès écrasé, vautré dans sa tasse et la chair de son pain, avait donné plus de dignité au père, grand, mince, aux cheveux argentés, qui se tient très droit sur sa chaise.

« Il y a quatre jours, j'étais assis à la terrasse du café "Shati" d'Assouan, face au soleil. Des felouques glissaient sur le fleuve dans des reflets cuivrés, devant l'île Éléphantine. Un type s'assit à la table voisine. Il était grand, mince et sale. Ses longs cheveux noirs et gras tombaient sur une veste blanche cintrée. Il portait un sac à dos bleu. Il avait des lunettes rondes cerclées d'acier, un air d'oiseau de proie malade, décharné, penché au-dessus de la toile cirée où étaient imprimés des dieux à corps humains et à têtes d'animaux. Il était français et commanda son repas en mauvais anglais. Il sortit un mouchoir morveux de sa poche droite. Dans le mouvement ses cheveux s'écartèrent et dégagèrent un moment sa nuque grise, une peau de papier mâché sur des os anguleux. Contre le bleu du ciel, dans la beauté fixe du lieu, cette silhouette était obscène. Il mangea avec les mains une aile de poulet frit sur laquelle l'huile dégoulinait et j'eus cette impression ignoble qu'il se dévorait lui-même, qu'il se nourrissait d'un prolongement monstrueux de son propre bras.

« 26 février.

« Je sors d'un restaurant de Kearny Street à Chinatown la bouche en feu.

« Tous ces types qui attendent dans Castro Street le dimanche après-midi... On dirait des rangées de mannequins de cire.

« Malgré l'incroyable beauté de cette ville, Patty a raison quand elle dit :

« – San Francisco est la poubelle de l'Amérique... Après il ne reste plus que l'océan.

« 9 mars.

« Les peep-shows sont déserts. Enfilades de machines électroniques et de vitres aux teintes rosées.

« Je suis revenu à Hambourg dans un élan d'inutile nécessité. Dans le café à côté du Copacabana, Falco chante "Der Kommissar". Le juke-box me rappelle ceux de "L'Angoisse du gardien de but au moment du penalty". Ici tout a le même goût de curry légèrement sucré. Les frites livides et gluantes me sont servies dans des petites coupelles de carton. Je joue au flipper.

« Nous sommes assis à la seule table du café peinte en vert émeraude, sur des banquettes de formica.

« Armand s'est accroché à moi depuis que j'ai eu le malheur de lui demander l'heure à l'aéroport.

« Il a tout dit, tout fait, pour essayer d'avoir mon corps une nuit, ou même un après-midi, à moitié déshabillé, passif sur la moquette de la chambre d'hôtel.

« Par la fenêtre, au-dessus de la banderole collée qui annonce "Hot-Dog Snack Bar", une tour bleu clair s'élève seule dans le ciel gris et mouillé.

« Ideal chante "Eis Zeit". J'aime ce mélange de rigueur implacable et d'exagération lyrique. Enfin... Je l'ai aimé.

« Une belle pute me dit :
« – Français très chaud...

« Un loubard tyrolien sur son cheval de fer. Le cuir sur la peau renouvelant nos formes pour les fantasmes des routiers amphétaminés. Poppers, Erektovit, stimulateurs, tatouages, capotes à faciès de diablotins espiègles.

« Sur le pays plat, les géométries échevelées mais lourdes des ponts découpent l'espace selon des lignes obligées.

« Enchevêtrement des grues, des coques grises, des remorqueurs en cale sèche, des espoirs impossibles des gosses qui rêvent de voyages contre les faces mathématiques des containers aux couleurs vives.

« L'eau est marron. Angelo a dû rêver ici.

« 10 juin.
« Porto Rico. Images brisées, brèves, blanches. Je suis vautré sur un banc. Nolin roule au pas le long de Condado Avenue dans sa vieille Datsun pourrie. Il ressemble à une caricature de guérillero cubain. Je les suis sur la plage, lui et ses copains. On fume de la colombienne. Il me donne des comprimés de queeludes. Des vagues de chaleur montent en moi. On s'est entassés dans la Datsun. Nolin roule comme un dingue sur l'autoroute vers Santulce. Il arrive deux fois trop vite sur le pare-chocs des voitures de devant. Il bloque les roues dans un nuage de fumée. On dépose deux gosses dans un village de la banlieue de San

Juan. Les rues sont parfaitement perpendiculaires, les maisons plates et blanches.

« Le soir, j'avance vers l'appartement de Joe, l'avocat d'affaires. Le couloir ressemble à celui d'un hôpital. À travers les baies vitrées, le panneau lumineux de la "Banco Popular", au-dessus de la ville bleu nuit. Joe est un ami intime du directeur Arturo Banon. Une horde de gosses tournoient autour du billard américain dans la fumée des cigarettes et l'odeur du gin. Dans la chambre bleue, Joe se branle en regardant les mômes me tripoter. Ils me passent tous dessus. Reflets adolescents dans les glaces qui entourent le lit.

« 13 juin.

« Orlando m'a trouvé une pension à cinquante dollars par semaine près de Condado Avenue. Douche, chiottes, serviettes propres... Quelle surprise !

« Je regarde un type à visage de fouine qui mange des macaronis en salade et je n'arrive pas à croire ce que m'a dit Orlando. Il prétend que ce type est milliardaire, qu'il était l'amant de John Travolta l'année dernière, et qu'il a été longtemps l'attaché de presse de Brando.

« Ce matin je suis descendu à La Perla, entre les cabanes, jusqu'à la mer. Je me suis assis sur un rocher. La plage est entièrement recouverte d'ordures. On ne voit pas le sable. Un gosse est venu chercher de l'eau de mer avec un seau. Je l'ai aidé à porter son seau jusqu'à sa maison. Un peu plus haut, là où commencent les rues bitumées, des enfants jouent avec des jets d'eau, des types lavent des vieilles bagnoles américaines longues et rouillées. Des copeaux de bois tranchés par la lame d'un couteau de combat tombent sur le sol. Le type qui taille un épieu me regarde.

« Normalement, on ne revient pas de La Perla. Ils vous coupent les couilles ou vous trouent le ventre pour trois dollars. En tout cas c'est ce que prétend un type de la National Guard. Il dit que même les flics n'osent pas y descendre.

« 4 août.

« C'est incroyable, mais je viens seulement d'y penser : que suis-je allé faire au Caire en janvier ?

« Le Caire n'est pas un port. Je n'avais aucune chance d'y trouver Angelo.

« J'étais au Caire pour une autre légende. La ville a laissé en moi des traces d'une autre histoire. Des empreintes peut-être destinées à quelqu'un d'autre, à un autre poète.

« À moins que Jabbar, à qui je ne veux plus penser, et dont j'essaie même de ne plus écrire le nom, ne soit tellement sûr de son pouvoir qu'il ait accepté mes errances parce qu'il savait qu'elles auraient une fin et qu'alors je reviendrais à nos accords avec la preuve d'un désir inévitable et de mon amour pour lui.

« Je me fais l'effet du Casanova vieillissant du roman de Schnitzler : de même qu'il tournait autour de Venise en suivant des cercles aux rayons de plus en plus petits, je tourne autour d'une idée qui se dévoile peu à peu et que je commence à comprendre en écrivant ces lignes.

« Sur les traces d'Angelo que j'oubliais peu à peu, j'ai retrouvé mes propres souvenirs, de plus en plus précis. Les questions que je posais à ceux que je rencontrais qui l'avaient connu, ne le concernaient plus. En fait, je leur parlais de moi.

« Les années de mon enfance restent vides et lisses, mais depuis cet après-midi sur le campus de l'université de Lille, depuis Porto Rico, depuis le visage de Thomas, depuis la fracture dans ma jeunesse de marbre blanc, je fais jaillir des souvenirs qui n'ont, pas plus qu'avant, de raison d'exister.

« Mais ils existent. Ils surgissent sous les lignes d'encre, sous les tracés des mots. Ils sont obscènes.

« 6 août.

« Simultanément émergent la conscience de ma fuite en avant et l'immense désir d'une trêve.

« Lille, Porto Rico, Thomas... Je suis retourné à Porto Rico. Angelo n'y était pas. Lille n'est pas un port. Il reste Thomas.

« Je me souviens de cette nuit où j'avais voulu me vendre à un Italien saoul. J'étais entré dans un hôtel de passe près de l'Opéra. Il avait payé la chambre. Je m'étais déshabillé. Je lui avais demandé le fric. Il voulait me le donner après. Je me suis rhabillé. Je n'en pouvais plus. Il voulait se battre avec moi. J'ai traversé le couloir, dévalé l'escalier, débouché dans la rue mouillée.

« Cette fois, j'irai jusqu'au bout. Il ne reste plus que Thomas. Thomas debout dans cette barque qui se balance sur l'eau grise de la lagune de Venise.

« 16 août.

« C'est incroyable. Quelques jours après que j'ai pris la décision d'aller jusqu'au bout, Jabbar réapparaît. Il m'envoie une lettre où il m'indique quelle doit être cette extrémité où j'ai décidé d'aller.

« Comme s'il connaissait chacune de mes pensées, ou comme si vous, Louise Bareuil, à qui j'envoie ce journal, lui transmettiez dès qu'il vous parvient, le moindre de mes mots.

« Voici cette lettre :

Sylvain,

J'ai accepté ton silence car je savais que, coupé de tout, de tous, et aussi de moi, tu te libérais dans le morcellement des lieux, du temps et du désir.

233

Aujourd'hui, je vais réunir les pièces du puzzle et mettre fin à cet éparpillement.

T'es-tu déjà imaginé dans la peau d'un de ces généraux meurtriers, jeunes et brillants officiers fanatiques, ou vieillards avachis qui ne tiennent à la vie que par un mince fil gris de poussière et précipitent dans la mort des milliers de soldats aux corps jeunes et lisses ? L'air est brun de vapeurs de sang sublimé. Des mégères bottées jusqu'aux cuisses piétinent des champs de moutarde qui servent d'étals de boucherie, et leurs semelles laissent des empreintes rouges et gluantes sur les fleurs jaunes... Dean est mort... Il y aura d'autres victimes de ton égoïsme absolu... Il faudra Angelo pour stopper l'hémorragie.

Je sais qu'un an après ton premier voyage à Porto Rico, tu regardais souvent ta peau redevenue trop blanche. Tu avais écrit :

« Des éclats de soleil ont dû laisser dans mes yeux une empreinte indélébile. »

Ce soleil-là qui calmait tes terreurs, était le plus fidèle allié de ta campagne incertaine et suicidaire. À Paris, il te manquait. Tu t'observais dans ta salle de bains. Tu scrutais ton dos et tes épaules en te contorsionnant devant des miroirs. Tu te levais soudainement en plein dîner chez des amis pour aller t'enfermer dans les toilettes. Tu baissais ton pantalon et tu contemplais avec dégoût tes cuisses grises dans la lumière blafarde de l'ampoule électrique qui pendait du plafond. Tu palpais fébrilement ta chair comme si elle t'était devenue étrangère. Les poils noirs frisaient sur ta peau comme une obscénité triste. Tu te réveillais dans des nuits écrasantes de cauchemars sans images, et tu courais devant une glace. Cette peau n'était pas la tienne. Elle recouvrait ton corps comme une carapace. Tu ne la reconnaissais plus. Ces taches sur ton torse, tes épaules, derrière tes cuisses... De plus en plus nombreuses. Des grains de beauté apparaissaient chaque jour, chaque nuit, grossissaient, devenaient monstrueux. Nevum : leur vrai nom, qui sent les couloirs livides d'hôpitaux, les corps d'acier des bombes au cobalt, les rictus crispés des chirurgiens charcutant désespérément et en vain des chairs déjà mortes et froides...

Tu annonças à Carol que tu avais un cancer de la peau. Tu courus d'un dermatologue à l'autre. Ils t'assurèrent tous, sans te convaincre, que ta peau était parfaitement normale. Tu réveillas Bertrand au milieu de la nuit. Tu t'écroulas en pleurs dans sa chambre, à genoux, ton pantalon aux chevilles, pour lui montrer ces taches marron qui grossissaient et envahissaient ton corps. Il écarquillait les yeux dans la lumière de la lampe de chevet et ne voyait rien. Il finit par téléphoner à un ami médecin qu'il réveilla et supplia de te recevoir immédiatement pour calmer ton hystérie. Le médecin s'appelait Jean-Marie. Tu l'avais déjà rencontré un an plus tôt chez un ami commun sculpteur et peintre. Tu avais bu plusieurs Russes Noirs, ce mélange destructeur de vodka et de liqueur de café. Des radiateurs électriques chauffaient quelques pièces de l'immense pavillon de Châtenay-Malabry aux trois quarts inhabité. Tu étais ivre. Jean-Marie était venu avec le journaliste avec lequel il vivait et un Italien de vingt ans qui s'appelait Ugo. Pendant le dîner, tu ne quittais pas Ugo des yeux. À la fin du repas, tu le suivis dans une chambre. Dans la salle à manger, le journaliste parlait beaucoup. Jean-Marie et le sculpteur l'écoutaient. Quand il s'arrêta et tendit la main vers son verre, le silence fut rompu par tes gémissements et ceux d'Ugo. Le sculpteur surgit dans la chambre. Tu faillis te battre avec lui. Tu dévalas l'escalier sombre du pavillon. Ugo te rejoignit dans la rue enneigée. Jean-Marie et son ami descendirent. Jean-Marie te proposa de passer la nuit chez eux. Le journaliste le prit très mal. Il fit une scène de ménage à Jean-Marie qui dura pendant tout le trajet vers Paris. Ils se battirent en sortant de la voiture dans une rue déserte du 16e arrondissement proche du boulevard Exelmans. Finalement tu passas la nuit dans le même lit qu'Ugo. Jean-Marie dormait avec le journaliste dans la pièce voisine. Il vint vous réveiller le lendemain matin. Il portait une longue robe de chambre bleu pâle. Il posa sur le bord du lit un plateau sur lequel il y avait trois bols de café et des toasts. Une lumière grise et jaune se glissait entre la fenêtre et les rideaux. La neige continuait de tomber.

Cette nuit où Bertrand t'envoya à Jean-Marie, celui-ci réussit à te convaincre, là où plusieurs spécialistes avaient échoué, que tu n'avais pas de cancer de la peau.

Te souviens-tu de cette ressemblance entre Ugo et Dean, entre Ugo et Thomas surtout ? Elle n'était peut-être pas immédiatement perceptible, mais elle devint évidente avec le temps... La blondeur de ses cheveux... Un blond vénitien. Car Ugo venait de Venise n'est-ce pas ?... Et tu as fait l'amour avec lui...

Jabbar.

« 17 août.

« Jabbar a donc refermé la boucle, de Venise à Venise, autour de Thomas.

« L'alliance des trois événements qui fracturè-rent ma vie devrait me permettre de tout réussir.

« L'écriture, le soleil, l'amour. Le mélange idéal.

« L'écriture vint vers moi un dimanche après-midi d'hiver sur le parking de l'université de Lille. Le soleil m'envahit à Porto Rico. J'ai imaginé l'amour en voyant le visage de Thomas sur l'écran d'un cinéma du Quartier latin.

« Mais Jabbar sait que la fusion ne se fera pas. Un élément du mélange est vicié : Thomas n'est pas l'amour. Il n'est que l'amour d'une image. Éventuellement une image de ce que pourrait être l'amour.

« Jabbar dit que le soleil et l'écriture étaient mes alliés quand je me débattais dans les filets de JC et que mon corps souffrait jusqu'à porter maintenant une marque ineffaçable : la présence de la mort virale, délayée, dispersée dans mes veines, et qui s'approche lentement. Il dit que Thomas était mon ennemi, l'allié objectif de JC.

« Je ne sais plus s'il a tort ou raison, s'il existe quelqu'un qui a raison. Mais, à vrai dire, je m'en fous. Je suis coincé, je n'ai plus qu'à aller jusqu'au bout. Je ferai ce que veut Jabbar. Juste pour voir. Je tuerai Angelo. »

3

Depuis trois semaines, Louise n'avait reçu aucun texte de Sylvain. Ça lui manquait. Elle s'était prise au jeu malgré elle.

Le téléphone sonna. C'était Carol :

– J'ai fini de lire... On peut se voir ?

Louise but une longue gorgée. Elle reposa son verre, leva les yeux vers Carol :

– Il y a une chose que je ne vous ai jamais dite : avant ce journal que vous avez lu, Sylvain m'avait envoyé un premier livre qui s'arrêtait à la mort de Dean. J'avais refusé de publier ce livre... Je trouvais qu'il était incapable de prendre une distance suffisante avec l'histoire que vous aviez vécue ensemble avec Dean... Sylvain me prend vraiment pour une conne : il n'a rien trouvé de mieux à faire que de transformer le livre en journal écrit à la première personne et de se mettre peu à peu à y raconter n'importe quoi.

– Tout ce qu'il a écrit jusqu'à la mort de Dean est exact. Je l'ai vécu et je peux vous dire que ça s'est passé comme ça.

– Jusqu'à la mort de Dean, oui... Après c'est de plus en plus délirant...

– Je n'en suis pas sûre...

– Mais enfin vous plaisantez, ce Jabbar est grotesque... Sylvain est complètement fou... Qui plus est je suis persuadée que Bertrand ment quand il dit qu'il n'a pas de nouvelles de lui... Vous connaissez Bertrand ?

– Je ne l'ai rencontré qu'une seule fois.

– Je suis à peu près certaine que les lettres de Jabbar sont directement inspirées d'une correspondance entre Sylvain et Bertrand... Ce journal est un tissu de mensonges.

– J'ai vu Dean mort... J'ai vu son corps sous une couverture...

– Dean est mort, mais vous savez très bien ce que l'enquête a conclu... Malandat vous l'a répété au moins dix fois : la moto avec laquelle Dean s'est tué a été déclarée volée par le garagiste Copi, on n'a aucune certitude sur le fait que c'est bien Sylvain qui conduisait la voiture de Radhia Ltifi, et le village d'El Borma a été transformé en base militaire depuis plus de vingt ans... Qui d'autre que Sylvain a vu ce bout de papier où il est question d'El Borma et de Jabbar ?

Elles parlèrent encore longtemps. Quand Carol voulut s'en aller, Louise lui demanda une fois de plus de lire le livre qu'elle prétendait avoir terminé. Une fois de plus Carol refusa.

Le lendemain matin, Louise trouva une enveloppe de papier kraft posée au milieu de son bureau. À l'intérieur, il y avait des feuillets écrits par Sylvain :

« 8 septembre.

« Venise. Je pense à l'hiver. À l'hiver dans cette ville. La brume et l'infiltration de l'eau dans la pierre et dans mes vêtements. Dans mon corps. La ville éponge.

« J'ai lu ce matin des textes tristes sur la pollution des eaux de la lagune, l'ensablement, les ondes de choc des canots à moteur qui ébranlent les murs.

« Est-ce le point de non-retour ? La gangrène ? Je repense à Monji, le gosse qui courait vers moi sur la digue et qui haletait : "Emmenez-moi... Emmenez-moi... Quand la gangrène commence, elle ne s'arrête jamais, elle me bouffera la jambe... Vous me croyez ? Vous me croyez ?..."

« Des garçons qui me regardent droit dans les yeux. L'ocre d'une façade. J'ai rencontré au bar du

Gritti Jean-Jacques Gourin, un ancien concertiste de piano que j'avais connu à Lausanne. Il m'a expliqué frénétiquement qu'il avait perdu soixante-cinq millions en voulant produire les films d'un ami mythomane qui l'a escroqué et même fait chanter en se servant de confidences que Jean-Jacques lui avait faites sur sa mère.

« Je reste longtemps immobile au milieu du hall du Gritti. Puis je reviens m'asseoir à la terrasse. À Christine que j'aime encore, j'écris cette lettre :

« Le son chaud d'un corps très brun
« Une peau très douce
« Image arrêtée entre l'idée et l'émotion.
« Une chaise blanche sous un projecteur
« Ou la forme d'un corps tendu de cuir noir.
« Saisir un instant de toi ou un autre toi...
« Où cours-tu si vite
« Avec une sorte de rage inlassable
« Vers une nuit courte
« Où l'alcool est lourd
« La rumeur des cris très chaude ?
« Quelques gouttes de sueur
« Sur ton regard liquide
« Le vacarme d'une chaise lancée contre le mur.
« Pas de certitude entre le passé décevant et l'avenir incertain.
« Le fantôme de Brando
« Seulement tes propres excès

« Et ce vide dans mon ventre...

« Ta peur me fait peur

« Je voudrais pouvoir...

« Est-ce que c'est toi ? Ou un autre toi ?

« Ce marbre blanc du Gritti,

« Des lettres peintes sur une vitre

« Et tu tournes ton visage

« Peau brune, ventre plat, hammam, soleil, palais byzantins, halètements du Coran, regards de désir.

« Désir du désir.

« Est-ce que l'amour est la fin de l'amour ?

« Je me souviens d'elle, si belle cette nuit-là. Nous avions dîné dans un restaurant japonais de la rue Delambre. Nous buvions de la tequila au Rosebud. Je saupoudrais du sel sur ma main, dans un creux entre le pouce et l'index. Elle léchait le sel sur ma peau en me tenant la main. Puis elle mordait dans une tranche de citron vert et buvait de la tequila. Elle sortit pour aller chercher un texte que j'avais oublié au restaurant. Je courus derrière elle, la rattrapai et la plaquai contre un mur, près d'un tuyau d'évacuation d'eau. Sa bouche contre la mienne. Je prenais ses cuisses, son cul, à pleines mains. Elle se serrait contre moi. Je commençais à bander. Une famille passa sur le trottoir, juste devant nous. La grosse femme dit en riant :

« – Faudrait se cotiser pour leur payer une chambre d'hôtel à ces deux-là !

« Je quitte la terrasse du Gritti et je vais poster le texte pour Christine. Les taches rouges des remorqueurs sur les façades, à droite de San Marco. Un garçon allemand, ou scandinave, se promène avec sa famille. Adolescent trop vite grandi. Son cul dans un blue-jean serré qui moule son sexe qui n'a jamais servi à l'amour, sauf dans un de ces rêves enfantins au goût étrange, humides et doux, qui réveillent les gosses apeurés, les yeux fuyants, le ventre gluant.

« Fondamente dei Mendicanti... Un hôpital civil qui ressemble à une cathédrale gothique... Je marche le long du canal. Je passe devant l'entrée de service de l'hôpital. Des cageots empilés. Des salles délabrées envahies par l'eau, derrière des vitres brisées. Entre deux, la pièce d'un surveillant. C'est un malabar en chemisette blanche à manches courtes, coincé entre une table d'écolier et une armoire en fer.

« Dans l'abri de la ligne numéro 12, j'attends le bateau pour Torcello. Un garçon me demande une cigarette. Le bateau accoste. Le garçon embarque des caisses en carton, des haut-parleurs, une chaîne hi-fi, des disques...

« San Michele, l'île cimetière, se rapproche. Un mur de brique rouge et de marbre blanc, sous la lumière crue de midi. En contre-jour, les formes de la ville s'estompent, deviennent grises. Diaghilev est enterré dans cette île.

« À Torcello, des chauffeurs de taxi debout dans leurs Rivas vernis attendent les flots de touristes, l'œil allumé. Des Belges et des Allemands photographient leurs femmes grasses et lourdes, juchées avec des airs conquérants sur le petit pont qui enjambe le canal. Truman Capote vivait et écrivait dans cet hôtel où je déjeune. Écrirai-je un jour ici, au calme, dans ce jardin, entre l'eau du canal, la campagne en friche et la belle silhouette de la Basilique ?

« J'ouvre les yeux. C'est déjà le crépuscule. J'ai dormi dans un champ de hautes herbes, derrière la Basilique. Y a-t-il encore des bateaux, à cette heure-ci, pour retourner à Venise ?... Un garçon vient vers moi, sur le chemin qui borde le champ...

« Venise : début et fin de l'histoire. Quel gigantesque canular ! Angelo n'a jamais connu ces ports où je l'ai cherché. Il n'a jamais quitté Venise.

« Et Jabbar le sait. Mon errance, le parcours sur lequel il m'a téléguidé, ne menaient ni à Angelo, ni à la matière première de mon écriture. J'étais loin, absent, parti, désirable : au fil des lignes brisées de

mon périple, Jabbar exacerbait son amour, le ru-
minait, le sublimait. Et maintenant que je ne peux
plus me passer de ses lettres, de ses jalousies, de
sa voix au téléphone, de son besoin de tout savoir
de mes actes, je suppose que j'aime Jabbar.

« Et c'est seulement maintenant que je suis prêt,
car j'aime assez Jabbar pour être capable de tuer
Angelo.

« C'est pour cela que je suis à Venise
aujourd'hui seulement. J'ai gaspillé le temps et
l'espace jusqu'à être prêt.

« Comme me l'avait promis Jabbar, je reconnais
Angelo dès que je le vois. Je sais que c'est lui. Je
vais le tuer. Je vais supprimer un reflet parasite de
l'amour. Je lâcherai l'image virtuelle pour un objet
réel. Je deviendrai poète.

« Car Angelo qui s'avance vers moi et dont la silhouette se découpe sur le ciel sombre et la pierre
de la Basilique, c'est Thomas.

« C'est Thomas debout dans la barque qui se balance sur l'eau grise de la lagune. C'est Thomas
dans "Condamné Amour". C'est Thomas dont les
muscles se dessinent quand il tire sur les rames.
C'est la cascade des cheveux blonds de Thomas
contre la silhouette de la Basilique quand il accoste la rive de Torcello, saute à terre, amarre la
barque et s'éloigne vers les herbes hautes.

« Il passe à côté de moi et je dis :

« – Thomas...

246

« Il me regarde, détourne les yeux et continue son chemin. Je dis plus fort :

« – Angelo !

« Il s'arrête, se retourne vers moi. Il dit :

« – Oui...

« Dans la poche de mon blouson, ma main se crispe sur le manche de nacre du couteau à cran d'arrêt. Angelo dit :

« – Quoi ?

« J'avance lentement vers lui. Je sors ma main droite de la poche de mon blouson et la cache derrière mon dos. J'appuie sur le bouton qui libère la lame. Un claquement sec dans le silence. Un éclat de terreur dans les yeux d'Angelo. Puis plus rien. Il est immobile. Il est prêt à se battre. Je suis à un mètre de lui.

« Jabbar s'est trompé. Cet amour patiemment tissé, de Hambourg à San Juan et de San Juan à Bizerte, n'est plus assez fort. Il me semble étrange. Ou étranger. Il est impuissant contre l'évidence de ce corps jeune, debout devant moi. Il a le goût rance d'un amour avarié, appris, éduqué. Un amour construit au fil des mois pour reproduire des modèles admirés, une culture digérée.

Et cet amour-là n'est plus assez fort pour que j'enfonce la lame dans le corps d'Angelo. Dans l'image de Thomas. Dans le corps de Thomas, car ce regard sur moi est celui de Thomas. Je le sais.

« Je referme le couteau et le range dans ma poche. Angelo n'a pas bougé. Je dis :

« – On a le temps maintenant...

« – Si tu veux.

« J'approche ma main de son visage.

« Nos corps sont nus dans les herbes hautes. La nuit est tombée. Sa peau et ses yeux renvoient la lumière de la pleine lune. À cet instant et pour la première fois, la délivrance existe. Il n'y a plus de tension, plus d'angoisse, plus de principes, plus de nécessité. Qu'est devenu le désir ? Il emplit tout l'espace jusqu'à n'être plus identifiable. Un tourbillon a emporté ensemble Dean, Ugo, Yehia, Carol et des centaines d'autres corps.

« Avec Angelo, je fais l'amour presque par habitude. À cause des réflexes qu'ont deux corps serrés l'un contre l'autre. Mais nous pourrions aussi bien ne pas le faire : le désir total balaye les autres petits désirs, les fantasmes, ceux qui nécessitent l'accomplissement de l'acte, l'orgasme gris contre le carrelage froid. Je suis allongé le long d'un corps qui a le goût, l'odeur, la chair de tous les autres corps réunis. Je m'étire contre le flanc d'une image longtemps poursuivie et enfin rattrapée.

« 9 septembre.

« J'ouvre les yeux. L'aube saigne sur les canaux qui serpentent entre les champs. Je suis seul. Mes vêtements sont éparpillés autour de moi, sur l'herbe écrasée. Il y a quelques secondes, pourtant, Angelo me parlait. Il me racontait son histoire. Je n'ai pas pu rêver ses confessions. Je n'ai pas pu rêver son corps contre le mien. Car la sensation subsiste, en moi, au fond de mon ventre, d'avoir rattrapé l'image que je traquais, celle de Thomas. De l'avoir goûtée. Dévorée. Consumée.

« Mais que suis-je en train d'écrire ?... Moi, Sylvain S., que suis-je en train d'écrire ?

« Thomas, c'est ma vie. C'est un prénom de ma vie, ou du souvenir que j'en ai. Un des premiers souvenirs, justement... Toujours cette mémoire difficile, et ces trois événements : le parking désert de Lille, le visage de Thomas sur un écran de cinéma, le voyage à Porto Rico.

« Et avant ? Rien... L'enfance lisse et blanche... Seul, le rouge du sang qui coule de mon genou blessé. Que fait Thomas dans ces pages couvertes de mon écriture où Angelo et Jabbar ne sont que des inventions de mon imagination ?...

« Jabbar, une invention de mon imagination ?

« Pourquoi alors, le diamant serti sur un anneau d'or blanc qui transperçait le téton de mon sein gauche a-t-il disparu ? Est-il aussi le produit de mon imagination ? Non. Le trou est là, dans le téton, une blessure dans ma chair qui n'est peut-être pas la trace des nuits ignobles où des hommes de jean et de cuir m'enchaînaient, me battaient, accrochaient à mes seins des pinces aux mâchoires tranchantes.

« L'anneau a disparu. Hier soir je le portais encore. Angelo l'a pris et l'a emporté.

« Le bateau traversa la lagune encore recouverte de la brume du matin. Les balises du chenal sortent de l'eau comme des squelettes d'arbres calcinés. Les toits des verreries de Murano apparaissent à droite du bateau. Vers l'avant, des rayons de soleil lèchent des campaniles, des clochers, des façades de palais encore laiteuses.

« Près du débarcadère, je trouve un taxi qui me conduit au Lido. J'écarte les lourds rideaux de velours grenat et j'entre dans une salle du Casino. La projection d'"Amore Tossico" commence. La course infernale pour trouver l'héroïne. Tous les moyens sont bons. Vol à la tire, prostitution, accords sordides avec des petits macs du quartier. Ostie, les faubourgs de Rome. L'ombre de Pasolini obscurcit chaque coin de rue. Cette sculpture blanche, solaire, à l'endroit où on le trouva mort et contre laquelle meurt Lucia, Silvia, Mavi, Angela... Je ne sais plus son nom... D'une overdose de cocaïne. Tétanie. Convulsions. César plonge ses deux mains dans la bouche de la fille pour essayer de la faire respirer. Il en ressort ses doigts ouverts, déchirés. Le sang coule. La fille meurt. César lui fait la respiration artificielle, un massage cardiaque. Il a la bouche pleine de sang. Alors il veut mourir aussi. Comme elle. Il reste immobile avec le sac de la fille à la main. Il l'accroche à un angle de la pierre blanche. Il cherche l'overdose qui ne vient pas. Il court sur la plage. Les vagues se brisent au bord du sable brun. César est traqué, le ventre ouvert, le cœur ouvert. Il court. Il arrive en ville. Il court toujours. Deux flics en civil l'interpellent. Il ne s'arrête pas, fonce, passe entre eux, les bouscule. Il court sur le dallage qui claque, entre les arcades. Ses pas résonnent. Et un coup de feu claque, résonne. Un flic a tiré. Il remet tranquillement un pistolet dans sa ceinture.

« Du cinéma. Mais César est par terre, bras en croix, cheveux longs, Christ bleu, évaporé, dissous dans la came, belle gueule de voyou contre le pavé froid.

« La lumière se rallume dans la salle. J'ai envie de vomir. Je me lève péniblement et me traîne vers la sortie. De nouveau j'écarte les tentures de velours qui empêchent la lumière d'entrer. Il doit être environ midi. Le soleil est monté dans le ciel. Il arrose les dallages blancs d'une lumière criminelle. Les chaussures des spectateurs sur les marches du Casino crépitent comme celles de César qui courait sous les arcades, vers le bout de la voûte, vers un avenir restreint à quelques secondes. Un coup de feu pourrait éclater. Des chapelets de détonations en rafales qui éclabousseraient la pierre blanche de taches tièdes.

« Rouge poisseux sur du blanc lisse. Mon seul souvenir d'enfance est l'acte isolé d'une violence périodique. Chaque cycle amène des blessures plus nombreuses et plus profondes.

« Le soleil est trop fort pour que je regarde droit devant moi. Les deux fentes de mes yeux sont baissées vers mes pieds qui glissent d'une marche à l'autre. En bas de l'escalier, je bouscule un homme en pantalon de toile bleue. Je lève les yeux. L'homme porte une veste de la même toile que le pantalon, sur une chemise blanche. Le col de la chemise est ouvert, et je vois la peau du torse et du cou. Il a des cheveux très blancs. Je suis face au soleil qui m'éblouit. L'homme porte des lunettes noires. Il les enlève et me les pose sur le nez. Ses yeux dorés me regardent sans ciller. Je dis :

« – Tu m'attends depuis longtemps ?...

« Jabbar me répond :

« – Je viens d'arriver. J'ai juste eu le temps de déposer mes bagages à l'Excelsior. Mon avion a pris du retard pendant l'escale.

« Je voudrais imaginer le lecteur de ce journal. Je voudrais qu'il soit devant moi, là, tout de suite, au pied des escaliers du Casino. Je voudrais parler avec lui, le prendre à témoin, avant tous les autres, avant que Louise Bareuil ne lise ces lignes. Mais il n'y a personne autour de moi, dans la chambre où j'écris.

« Je voudrais lui demander, comme je l'avais fait au début du livre devenu ce journal, si la nausée le gagne lui aussi. La peur. Une inquiétude pointue, incontrôlable, glacée, de voir que derrière chaque rempart qui tombe, un autre attend.

« Je voudrais qu'il m'aide à tracer un signe, n'importe lequel, une ligne de conscience qui m'empêche de me perdre.

« Ai-je rendez-vous avec Jabbar ce matin ? Est-ce Bertrand qui attend, en bas de l'escalier, anxieux des premières réactions du public après la projection d'"Amore Tossico" qu'il a produit et qu'il présente au Festival de Venise ? Bertrand qui, de ses yeux fixes, sollicite mon verdict, ou Jabbar venu me parler de la rupture d'un pacte que nous avions scellé ensemble ?

« Qui joue le rôle de César, sinon Angel Hope, vieilli, les cheveux teints en brun, qui ne ressemble presque plus à sa propre image, celle de Thomas dont il jouait le rôle dans "Condamné Amour" ?

« Nous marchons le long de Santa-Maria de Santulce. Deux amoureux sont sur le banc rouge, à l'extrémité de la pointe. Ils regardent vers l'est, vers la sortie de la lagune et la mer. Lui est brun. Elle est blonde. Elle est allongée, la tête sur les cuisses du garçon. Jabbar fait un geste vers la Basilique :

« – Le Sacré-Cœur de ta ville aurait dû être comme ça...

« En face, c'est Giudecca. Jabbar me montre, au-dessus des maisons, les silhouettes noires et brisées des grues du port, puis une immense bâtisse rouge dont il me dit qu'un pan entier est désaffecté :

« – C'est un décor pour toi.

« Un Canadien a amarré son vieux trimaran entre le quai et des piliers de bois fichés dans l'eau verdâtre. Une pancarte en bois est fixée à l'étai. Je lis le texte peint d'une main maladroite : "Cherche personnes intéressées par un départ mi-septembre pour le sud"... Le vent gonfle ma chemise déboutonnée. Jabbar regarde mon torse. Il dit :

« – Tu as perdu l'anneau dans ta folle nuit d'amour ?

« Je m'arrête. Je sors le couteau de la poche de mon blouson. J'appuie sur le bouton qui libère la lame. Je le tiens à la hauteur de ma hanche, pointé vers le ventre de Jabbar, le côté tranchant de la lame vers le haut. Je dis :

« – Je pourrais te tuer maintenant, et balancer ton corps à la flotte...

« Jabbar se met à marcher. Il dit :

« – Je n'ai jamais pensé que tu tuerais Angelo. Je n'avais pas d'autre vœu que celui que tu fasses l'amour avec lui... Et je t'y ai poussé : rappelle-toi ma lettre où je te parle d'Ugo... Ugo de Venise avec qui tu avais fait l'amour.

254

« La promenade où nous marchons est déserte. Des ordures jonchent le sol, au pied d'un muret. L'eau grise mousse en se cognant contre le quai. Pourquoi suis-je à ce point ému par cette déliquescence que je sens autour de moi ? Jabbar dit :

« – Je t'ai offert ce voyage, et Angelo au bout du voyage, par amour pour toi. Il fallait qu'un parcours compliqué te menât à Thomas qui viciait ton sang et empoisonnait tes réserves d'amour. Loin de toi, j'ai consolidé mon amour. Je t'ai apporté le tas de chair molle et informe d'Angelo pour donner corps à la suprême abstraction qu'était Thomas : une suite d'images photographiques, vingt-quatre par seconde. Ton idée de l'amour...

« Le ciel noircit. Là-bas, au-dessus de Giudecca, il avale les cous décharnés des portiques et des grues. Je me prends la tête entre les mains. Mon stylo tombe sur le sol avec un bruit obscène. J'ai besoin de quelqu'un pour tracer avec moi la ligne de réalité. Jabbar et ses lettres pompeuses où il appelait la chair froide et rancie de mes propres mots pour donner vie à une beauté plus réelle qu'il ne le sera jamais.

« J'ai encore sur moi, pourtant, ce morceau de papier trouvé dans la poche de Dean déjà mort : "Après El Borma continuer la piste jusqu'au village suivant. Demander Jabbar."

« Et si Copi n'était effectivement qu'un vulgaire rabatteur suant couvert de cambouis ? Alors Dean était bien la marchandise. La moto l'aurait livré à Jabbar qui l'aurait formé et entraîné comme des centaines d'autres garçons, puis revendu au plus offrant. Dean terroriste. Dean guérillero.

« En somme, j'étais la distraction de Jabbar : après avoir produit des mercenaires, pourquoi ne pas fabriquer un poète ?

« Il dit :

« – Tu es calme maintenant ? Retournons à l'Excelsior.

« Une belle nuit de noces, au bout d'un labyrinthe de canaux luisants. Sans chagrin car Angelo n'est pas mort. Sans nostalgie puisque j'ai fait l'amour avec lui. Une nuit où je serai délivré. Sans odeur, sans arrière-goût fade et métallique au fond de la bouche.

« Mais je dis :

« – Tu as tué le rêve.

« L'écriture selon Jabbar : me persuader qu'elle est une lutte contre les bons vieux principes judéo-chrétiens qu'il affublait du stupide surnom de JC... JC l'enzyme gloutonne...

« Mais, si JC lutte contre le péché de l'écriture, alors Jabbar est son fidèle lieutenant.

« Jabbar : un des quatre-vingt-dix-neuf synonymes d'Allah. Son vrai nom n'est pas Jabbar, mais Abdel Jabbar : le serviteur de Dieu.

« Prêt à tout pour son maître. Et je suis tombé dans ses pièges : Thomas n'avait jamais été qu'une contrainte, mais Jabbar m'a persuadé qu'il y avait un but à atteindre, une peau contre laquelle se frotter, un élixir de bonheur qui aurait la forme du corps d'Angelo. Il a brisé la nécessité. Il sait ce qu'il a fait. Mais il me veut. Mes doigts se crispent sur le manche nacré du couteau à cran d'arrêt...

« Je dois changer de stylo. Celui avec lequel j'écrivais est tombé de nouveau. Il gît sur le sol dans une petite mare d'encre éclaboussée. La plume est tordue, déchiquetée, inutilisable.

« À ce moment précis, je ressens une impression ignoble. Ma main devient lente et lourde. La plume accroche le papier... Je viens pourtant de changer la cartouche du stylo... Mais ce sont les mots qui sont lourds... Leur chair a des relents de cadavres en décomposition... Un brouillard sulfureux passe sur Venise... Recouvre l'écran... Que vais-je »

IV

1

Louise Bareuil repose le dernier feuillet sur son bureau.

Elle a fait taper à la machine les manuscrits qu'elle recevait, écrits de la main de Sylvain. Un lambeau de phrase : « Que vais-je », reste abandonné au milieu d'une page. Pas de ponctuation, plus de mot. Louise n'a plus rien reçu depuis un mois. Carol est assise face à elle. Elle dit :

– Cette fois, je crois que vous ne recevrez plus rien... Il manque les mots de la fin. À vous de les mettre si vous voulez publier son livre...

– Vous l'aimez encore, n'est-ce pas ?

– Je vais l'attendre... Je ne sais pas s'il est malade, mais je sais qu'il est vivant et qu'il ne peut plus écrire. Je vous jure qu'il fera tout pour pouvoir de nouveau.

Carol se lève, embrasse Louise, marche vers la porte du bureau. Elle s'arrête, se retourne, fait quelques pas vers Louise, ouvre son sac, en sort un manuscrit et dit :

— J'ai ça pour vous. Maintenant je veux bien que vous le lisiez.

2

Les trois premières phrases du livre de Carol décrivent : la Golf GTI et la moto qui foncent l'une vers l'autre ; Dean disloqué ; Sylvain terrassé.

Sans le savoir, Carol a suivi le conseil que Louise Bareuil avait donné à Sylvain : son livre commence par la mort de Dean.

Dans ce livre, Carol s'est choisi le prénom de « Cécile ». De Sylvain disparu elle a fait « Stéphane » qui revient vers Cécile après la mort de Dean, puis s'éloigne d'elle peu à peu et sombre dans la névrose au fil des corps.

Carol, contrairement à Sylvain, n'entretient aucun commerce obsessionnel avec la réalité. Prendre de la distance ne lui fait pas peur. Mais, dans des retours en arrière, cette réalité revient par bouffées. Carol raconte la scène qu'elle avait vécue avec Sylvain dans un cinéma du Quartier latin. Elle a conservé le prénom de Thomas. Elle l'a décrit tel qu'elle l'avait vu dans « Condamné Amour ». Et elle l'avait vu comme Sylvain. Alors elle a même repris à son compte quelques phrases de Sylvain qu'il lui avait données à lire et dont elle s'est souvenue :

« La première image du film est comme la réalité soudaine, la matérialité de ces deux mots : diable blond. Un garçon titube, debout dans une barque qui se balance sur l'eau grise de la lagune de Venise. Ensuite, le visage de l'adolescent remplit tout l'écran. Une image. Juste une image fixée par une opération chimique sur une bande de celluloïd. Quelle fabrique aurait pu livrer ce regard, la cascade des cheveux blonds ? L'exact contraire d'une blondeur candide. »

Des corps au passage : Stéphane caresse des projections réelles de l'image de Thomas qui ne peuvent que l'éloigner de l'absolu de cette image. Il court après une image sans existence.

Sylvain parlait de « réalité soudaine » et de « matérialité... » Quelle folie ! Carol a voulu rétablir la vérité... Cristaux d'argent, chimie, celluloïd, et le visage d'un acteur... Quel nom portait-il d'ailleurs ?... Un acteur fardé, sous les projecteurs, récitant les mots des autres...

Stéphane quitte Cécile. Mais il revient sans cesse, obsédant, toujours plus épuisé par sa quête. Il lui demande de l'écouter. Puis ils font l'amour. Il est passif. Elle accepte. Elle a oublié les longues nuits de déchirements et de délires, les bagarres dans le faisceau des phares de la voiture où elle s'agrippait à Stéphane et où il la giflait. Cécile apprend l'indifférence. Elle aime Stéphane quand il est là. Elle a toujours envie de son corps, mais plus comme avant quand son contact était une question de survie.

Plus Stéphane se sépare de lui-même, plus il invente des jeux érotiques. Il achète des sous-vêtements dans des sex-shops. Il donne à Cécile des bas résille noirs ouverts à l'endroit du sexe qu'elle garde pendant qu'ils font l'amour. Il porte sous des jeans très serrés des slips de cuir à fermeture Éclair ou des anneaux d'acier et des lanières de cuir autour de la queue et des couilles. Souvent, quand elle le caresse, ou après avoir joui, il pisse sur lui ou en elle.

Le livre de Carol est celui d'une double revanche. Celle de Cécile, paralysée entre quinze et dix-sept ans, devenue psychiatre puis médecin des prisons, emprisonnée par son amour dévorant pour Stéphane, libérée de lui peu à peu par la folie qui le guette, réussissant à jouer l'indifférence après toutes les extrémités de l'érotisme, choisissant finalement son enfermement en fournissant une arme à un jeune prisonnier pour qu'il s'évade et lui fasse l'amour rien qu'une fois, dehors, dans un hôtel moderne des bords de Seine, éblouie par les réflexions des projecteurs des bateaux-mouches

265

dans les miroirs de la chambre. Cécile se réveille seule au 16ᵉ étage de l'hôtel. Le garçon est parti dans la nuit. Elle s'habille, elle descend. La police l'arrête dans le hall. Le lendemain matin, Stéphane tangue sur un trottoir du boulevard de Charonne. Il revient d'une nuit sale, le corps en sang, du sperme séché sur le ventre et le dos. Il achète un journal, entre dans un bar, s'assoit au comptoir, commande un crème, déplie son journal, l'ouvre et voit une photo de Carol dans la rubrique faits divers.

La deuxième revanche est celle de Carol qui a écrit un livre alors que Sylvain n'a jamais pu aller au bout du sien.

Sylvain, qui pendant des années lui a fait sentir qu'il créait alors qu'elle était seulement capable de faire créer les autres : des fous ou des criminels qui trouvaient leur inspiration dans le spectacle de son cul et de ses seins qu'elle promenait sous leurs yeux affamés.

3

C'est encore l'été. Sylvain est descendu du train à Antibes. Il est allé à Port-Vauban. Il a regardé le bateau de son père, à quai toujours à la même place. Il a fait du stop. Il s'est enfoncé dans l'arrière-pays. Maintenant il marche sur une route sinueuse. Il est midi. Soleil lourd, vagues de chaleur qui montent du bitume en fusion.

Il y a tellement de souvenirs, maintenant. Vrais, faux, écrits, transfigurés, vécus. Dans le journal de Sylvain, Jabbar fabriquait du souvenir.

L'enfance, avant, était lisse et blanche, striée d'un filet rouge sang. Sylvain était propriétaire de cette absence. Maintenant il est étranger à ses propres souvenirs. Il n'écrit plus. Des mots s'assemblent, traversent son corps, creusent sa chair. Il ne sait plus les retenir : Terre brûlée   Fin de siècle   Apocalypse de métal brûlant et de corps sclérosés   Virus divin sur Christopher Street   Vapeurs de soufre et de cyanure laiteux au-dessus de l'eau bouillon-

nante d'un hammam vert nuit   Nitrite d'amyle
Cancer Transfusion Accident Autoroutes blanches transperçant les collines   Fleur de sang au
bout de mes doigts Roses Épines Cicatrices
Christ Sang Fleur de sang Vinaigre Douleur aiguë Désir de ton corps Courbure dense et lourde
de ton dos Mur Couloir Porte Serrure Lunettes aux branches massives de mauvais plastique
vulgaire et collant Lourdeur fétide d'un œil d'iguane posé sur une peau une épaule nue   Mon épaule
Ma peau Cul Braguette Œil fétide lourd d'iguane sur mon cul ma braguette Couilles Sexe sous
le tissu élimé du jean Iguane lourd Œil Peau rugueuse   Pustules froides   Œil lourd fétide sur le
tissu usé blanchi du jean à l'endroit de mon sexe
Jean serré moulant Cul Sexe Couilles Iguane
froid lourd fétide Peau Épaule Cul Sexe
Couilles Peau rugueuse Pustules rouges violettes
carminées Virus mental Vengeance du siècle Apocalypse Haïti Christopher Égouts Stalingrad
Street Chiottes d'Anvers Chaînes Harnais Fureur de vivre Plusieurs vies Fureur de vivre plusieurs vies.

Les mots en sont là, quand Sylvain voit le gamin.
C'est un gosse de paysans qui marche au bord d'un
champ. Il a douze ans, une ombre de moustache,
des cheveux bruns coupés très court. Sylvain s'approche du gosse. Il sort un couteau à manche de
nacre de la poche de son blouson. Il bande. Les
yeux du môme sont braqués sur la forme de la
queue de Sylvain qui pointe à l'endroit où le jean
est plus clair, usé par le frottement du sexe.

Sylvain met le gosse à genoux:

– Tu m'obéis, ou bien...

Le cran d'arrêt s'ouvre en claquant.

– Je découpe ton fute le long de la raie du cul...
Je te plonge la lame dans le bide. Ton ventre bien
blanc, tout lisse... ou bien je te coupe les couilles.

Un duvet fin au-dessus de la bite du gosse que
Sylvain suce, puis remet dans le vieux slip de bain
orange. Il glisse sa queue par la braguette du
môme. Il pisse. Il pisse dans le slip de bain orange
et une auréole humide s'étend sur les cuisses
jeunes. Sylvain se relève.

– Suce! Suce-moi!

Le gosse suce la queue de Sylvain, mouillée de
pisse tiède. Sylvain lui pisse dans les cheveux. Dégoulinures salées aux commissures des lèvres du
môme, le long du duvet noir de sa moustache
adolescente.

Sylvain passe derrière lui. Il approche la lame
de son cul. Il découpe le pantalon et le slip. Il en-
cule le môme qui hurle. Il lui pisse dans le cul. Il
s'enfonce en s'accrochant à ses hanches. Le gosse
pleure. Sylvain ressort sa bite un peu tachée de
merde d'enfant. Il revient devant lui. Il se branle.
Il lui décharge dans la gueule, dans les yeux, dans
le nez. Il lui balance un coup de pied au menton.
Le gosse tombe dans le champ.

Sylvain s'éloigne. Soleil lourd, bitume en fusion.
Le bleu du ciel, polarisé. Sylvain referme le dernier bouton de sa braguette.

Une bagnole s'arrête. Un moustachu est au volant. Il dit:

– Montez derrière, il reste une place... Vous allez où ?

Chlac. Le bruit du cran d'arrêt qui s'ouvre. Le regard du moustachu dans le rétroviseur, sa femme qui se retourne vers Sylvain, pousse un petit cri de souris. Coups d'œil furtifs sur la bite durcie qui soulève le tissu du blue-jean de Sylvain, coups d'œil sur la lame du cran d'arrêt, brillante, tendue contre la peau de leur môme, angelot blondinet, quinze ans.

– Blondinet, tu déboutonnes ma braguette, tu sors ma bite et tu la suces. Moustachu, tu ralentis pas, sinon t'as plus de fils, juste une mare de sang sur ta banquette arrière.

Sylvain jouit dans la bouche du petit ange. Pour le remercier, il ouvre sa braguette. Il branle le gosse qui bande un peu. Trente secondes plus tard, le môme crache jusqu'au plafond de la bagnole. Maman regarde. Papa regarde dans le rétroviseur.

La bagnole s'arrête. Sylvain descend. Le moustachu redémarre. La bagnole s'éloigne. Il est treize heures, soleil lourd, bitume en fusion. L'angelot blondinet s'est retourné. Il regarde disparaître Sylvain à travers la vitre arrière.

Louise Bareuil se lève très tôt. À six heures elle commence à lire le manuscrit de Carol. À neuf heures elle a terminé. Elle téléphone à Carol :

– J'ai lu votre livre. Je suis d'accord pour le publier. Je ne vous demande aucune modification, ça me plaît énormément.

– J'espère que le titre et le pseudonyme sous lequel je vais signer le livre vous plairont autant...

– C'est-à-dire ?

– « Condamné Amour » par Sylvain S.

5

L'ange a disparu. Le brouillard est tombé sur la ville morte. Les pieds de Sylvain s'enfoncent dans le sable humide de la plage de Trouville. Les lignes fuyantes de la jetée en bois et la silhouette blanche du phare à son extrémité se perdent dans la brume du chenal balisé par des épieux noirâtres. Un bateau de plaisance sort de Port-Deauville, crachat de plastique sur le gris blanc de la mer.

Des mouettes pataugent dans les flaques d'eau laissées par le reflux. Leurs pattes maigres s'enfoncent dans des reflets métalliques, plongent dans un liquide qui semble avoir la densité du mercure ou du plomb fondu.

La forme massive du Trouville Palace, ravalé et repeint, troue le brouillard et fuit vers le ciel. Un couple de jeunes Allemands mange des moules au snack-bar « Le Week-End », et un homme seul lit, sur la terrasse entourée de verrières d'un restaurant qui prolonge les établissements de bains.

Quelques vieilles dames promènent leur petit-fils et se dirigent lentement vers la ville. C'est l'heure du déjeuner.

Sylvain croise l'une d'elles qui demande à un gosse blond et joufflu ce qu'il aimerait manger à midi. Le gosse répond :

– Des crêpes !

– Quelle sorte de crêpes ?

– Toutes... Toutes les crêpes... J'adore toutes les crêpes !

Le gosse éructe, crache ses mots comme des parcelles d'évidence issues d'un pouvoir absolu.

Sylvain est revenu dans la ville. Il pousse la grille d'entrée de la maison de Bertrand. Il monte les trois marches. La sonnette ne fonctionne pas. Il frappe contre un carreau de la porte.

Bertrand apparaît. Il regarde Sylvain à travers les vitres. Il fait tourner la clé dans la serrure avec des gestes saccadés.

Sylvain et Bertrand sont face à face. Sylvain embrasse Bertrand sur la joue gauche. Un écran grisâtre, indéfini, un rideau de gêne, les sépare. Ils s'observent sans parler. Ils vont dans la salle à manger. La table est mise. Bertrand rajoute un couvert. Ils s'assoient. La vieille Constance leur sert le déjeuner : des coquilles Saint-Jacques et des soles frites. Ils mangent en silence. Constance n'est plus qu'un squelette recouvert d'une pellicule de peau fripée.

Vers la fin du repas, en servant du cidre à Sylvain, Bertrand dit :

– Je repense à ce rêve que j'avais fait de toi. Tu te souviens ? Tu avais passé une nuit terrible...

– Je me souviens.

Sylvain se lève de table. Il va fouiller dans son sac. Il tend à Bertrand un manuscrit tapé à la machine et broché. C'est le journal que, semaine après semaine, Louise Bareuil a reçu.

Sylvain dit :

– Tu veux bien lire ?

Bertrand prend le manuscrit, chausse ses lunettes en demi-lune et commence à lire.

6

Bertrand est allongé sur son lit. Il lit la dernière page du manuscrit de Sylvain. Il le referme. Puis il l'ouvre de nouveau, cherche un passage. Il le retrouve :

« 18 janvier.
« J'ai reçu cette lettre poste restante :

Me dire que le temps de l'amour – ou ce que je marquais sous ce nom, c'est-à-dire le plaisir enfoncé dans la chair – est bien terminé. Ces années-là ne vivent que par le ressac... »

Cette lettre, c'est Bertrand qui l'avait envoyée à Sylvain. Il la retrouve sans signature dans le manuscrit, écrite par on ne sait quel personnage. Par lui ? Par ce Jabbar d'opérette ? Par une femme, une des femmes de Sylvain ?

Bertrand entre dans la salle de bains. Il tient le manuscrit à la main. Sylvain se rase devant la glace, torse nu. Il a la peau mate, sombre. Il est plus musclé qu'avant. Bertrand regarde son corps. Il montre le manuscrit. Il dit :
    – C'est comme ça que tu me vois ?
    – Je te vois comment ?
    – Tu m'as tellement manqué... Tu as perdu la boucle d'oreille en diamant que je t'avais donnée ?
    Sylvain dévisse le manche du rasoir. Il prend la lame entre deux doigts de sa main droite et creuse une ligne sanglante et profonde sur son avant-bras gauche. Il dit :
    – Soigne-moi, je saigne.

7

Sylvain regarde le bandage de son avant-bras. Une auréole rouge est apparue. Le sang a traversé le tissu. Il est devant le miroir fixé à une porte de l'armoire. Il lève les yeux vers son image. Il est en short serré. Il est excité. Il bande. Il se caresse à travers le tissu du short. Puis il l'enlève et se branle devant le miroir. Il jouit. Du sperme coule sur le pansement de son avant-bras, se mélange à la tache de sang.

Bertrand entre dans la chambre. On dirait qu'il ne pardonnera pas : Sylvain nu devant le miroir et le sperme sur le bandage et sur sa main. Il dit :

– Depuis que je t'attends.. Ça, tu aurais pu me le donner.

Bertrand tient un livre à la main. Il le jette sur le lit :

– Carol a écrit un livre...

Bertrand sort de la chambre. Sylvain s'approche du lit. Il prend le livre. Il regarde la couverture des Editions Salviac-Cormant. Le titre : « Condamné Amour. » Le nom de l'auteur : « Sylvain S. »

Sylvain pense maintenant qu'il a sous-estimé Carol. Son amour pour elle revient, par bouffées de désir. Où a-t-elle trouvé la violence d'une telle résistance ? Plus que résister. Elle attaque avec ce livre, dents déchirant les chairs. Elle a pris sa revanche quand il se perdait en route.

Sylvain va lire le livre. Il sait maintenant que Carol veut infléchir leur histoire. Il regarde de nouveau le bandage de son avant-bras où le sperme a séché sur la tache de sang. Dans le livre il trouvera où mène cette inflexion. Il trouvera des détails, des péripéties, mais il connaît l'essentiel : Carol et lui iront jusqu'au sperme et jusqu'au sang. Jusqu'à mêler les deux.

8

Carol entre dans l'ascenseur. Elle appuie sur le bouton du quatrième étage. Les portes en acier satiné se referment. L'ascenseur monte. Carol se regarde : la glace teintée lui renvoie une image cuivrée d'elle-même. Il est tard. Elle est seule. Elle est fatiguée. Elle sent sur ses doigts l'odeur du corps et du sexe de Philippe.

Elle sort de la cabine, avance dans le couloir jusqu'à la porte de son appartement. Elle fouille dans son sac pour trouver ses clés.

Carol fait tourner la clé dans la serrure. Elle ouvre la porte. Elle va entrer. Une main écrase sa bouche, un genou se plante dans ses reins. Quelqu'un se plaque contre elle. Elle a un bras tordu derrière le dos. Elle veut crier. La main sur sa bouche étouffe les sons.

L'homme la pousse à l'intérieur, claque la porte. Il lui donne un violent coup dans le dos. Carol tombe à terre au milieu de la pièce. Elle se retourne lentement sur le sol.

Là seulement, elle le voit. Il porte un blouson, un blue-jean déchiré et des bottes. Son visage est couvert d'une cagoule de cuir noir. Il y a trois fentes dans le cuir : Carol ne voit que les yeux et la bouche de l'homme.

Il porte un sac souple en bandoulière. Il en sort une cordelette fine et ligote les poignets et les chevilles de Carol. Elle ne se débat plus. Elle se laisse aller, lourde et grave.

On dirait que l'homme exécute un à un tous les clichés du genre, selon un schéma méthodique longtemps réfléchi. Il déchire les vêtements de Carol. Elle est nue, des lambeaux d'étoffe traînent sur son corps. Il enlève sa ceinture et la frappe. Marbrures rouges sur la peau blanche. Il referme des pinces sur les seins de Carol. Il ouvre la braguette de son jean, sort son sexe. Il pisse sur Carol. Il enlève son blouson, son tee-shirt et son jean. Il porte un harnais de cuir sur sa peau bronzée.

Il va jusqu'à la bibliothèque, prend les livres un par un, regarde leur couverture, les jette par terre. Il trouve ce qu'il cherche : « Condamné Amour » par « Sylvain S. » Il cherche une page, puis il lit :

– La première image du film est comme la réalité soudaine, la matérialité de ces deux mots : diable blond.

Il s'arrête un moment. Il lit de nouveau :

– Une image. Juste une image fixée par une opération chimique sur une bande de celluloïd.

Il ouvre le livre à une autre page :

– Cécile acceptait tout : les coups, la pisse, le sperme. D'une part elle jouissait mieux de la folie croissante de Stéphane que des caresses amoureuses des mômes levés à droite et à gauche. D'autre part, elle voulait en savoir plus. Elle avait cette satisfaction morbide de penser que ce genre d'escalade ne pouvait se faire sans elle. Elle se sentait absolument nécessaire à Stéphane. Elle se voyait comme une sorte de négatif photographique, salutaire et inévitable, dicté par l'instinct de conservation du garçon. L'envers vital d'une terreur immense.

L'homme s'accroupit. Il pisse dans la bouche de Carol, la force à avaler. Il referme le livre, le roule sur lui-même et l'enfonce dans le sexe de Carol. Les pages de « Condamné Amour » meurtrissent le ventre de celle qui les a écrites.

Puis il vient derrière elle et il la sodomise. Le rythme de ses coups de reins s'accélère. Il relève le torse et se maintient du bras gauche, paume à plat contre la moquette. De la main droite, il arrache sa cagoule de cuir, puis le bâillon de Carol. Elle hurle. Cris aigus, cris rauques, mélangés. Elle regarde ce visage, Sylvain, au-dessus d'elle. Elle jouit.

Il jouit. Il crie. Il s'écroule sur elle. Il reste en elle, très longtemps. Avant, deux ans plus tôt, après l'orgasme, il se retirait très vite, presque furtivement.

9

Les neuf garçons tués à Paris ou dans la banlieue au cours des deux derniers mois avaient entre quinze et vingt ans. Ils étaient tous blonds, de taille moyenne, de condition modeste. Des clichés moitié anges, moitié voyous. Un autre point commun : tous avaient au moins un de leurs parents originaire d'un pays du Maghreb, d'Espagne ou d'Italie.

« Diable blond ». Carol sait. Et Bertrand sait. Il a lu le livre de Carol, et tout y était écrit, des mois à l'avance. La course au sperme et au sang. Mais savent-ils déjà à quoi servira ce chaos ?

Les neuf garçons ont été tués au couteau. Sans doute un cran d'arrêt à ouverture automatique. Sept d'entre eux ont été dévêtus à la hâte : tee-shirts déchirés, boutons ou fermetures Éclair de braguettes arrachés, jeans et slips roulés jusqu'aux genoux. Un homme a joui sur eux, probablement après leur mort, en tout cas à un moment où ils étaient déjà inconscients. Sperme collé sur la peau et dans les poils pubiens. Les deux autres n'ont pas été déshabillés. Leur sexe sortait par leur braguette ouverte. Ils ont sodomisé un homme avant d'être tués. Ils ont joui.

10

Carol sort d'une bouche de métro, place de la République.

Elle est en retard. Elle court sur le trottoir gras, passe devant le magasin Tati, monte quelques marches et entre au tabac.

Elle n'a rencontré Bertrand qu'une seule fois, chez les parents de Sylvain, pour son anniversaire. Sylvain venait d'avoir vingt-deux ans. Il en paraissait dix-huit. Bertrand avait peu parlé à Carol. Il l'avait observée. Maintenant, elle retrouve ce regard transparent et doré. La tache des cheveux neigeux.

Il la fascine comme un ennemi. Un rival dans la course folle de Sylvain.

– Excusez-moi, je suis en retard.

– Ça ne fait rien... Allons-y, ma voiture est garée sur la place.

Il enlève ses lunettes de lecture et les range dans un étui. Il referme un dossier qui contient des feuilles tapées à la machine. Carol croit reconnaître la mise en page du journal que Sylvain a envoyé à Louise Bareuil. Elle est essoufflée. Elle a des démangeaisons au visage. Tout est si gras, collant, humide. Comme les banquettes de skaï rouge du café-tabac. À quoi bon questionner Bertrand ?

11

Le professeur Meyer relit les analyses de Sylvain. Carol dit :

– Vous ne l'avez pas revu depuis ?

– Non.

– Il ne vous a pas téléphoné ?

– Non... Je vais vous dire exactement la même chose que je lui ai dite en lui remettant les résultats de ses analyses...

Il y a un silence. Bertrand dit :

– C'est-à-dire ?

Meyer ne répond pas. Il ouvre un tiroir profond et fouille dans des papiers entassés. Il en retire une enveloppe décachetée. Carol s'approche un peu du bureau. Elle cherche à voir où a été postée la lettre. Elle voit les timbres étrangers, mais elle ne réussit pas à lire le pays de provenance. Meyer sort la lettre de l'enveloppe et la déplie. Carol et

Bertrand croisent leur regard : ils ont reconnu l'écriture de Sylvain. Meyer lit :

– Cher professeur Meyer, toute histoire parle de la mort, mais il ne suffit pas de la mort pour faire une histoire. Je pensais que la mort de Dean ferait un livre à succès. Ou que la mienne pourrait faire un bon livre. Mais il faut une histoire, n'est-ce pas ? Il faut une fin. Peu à peu, Louise s'apercevra que mon livre est un bon livre. Puis elle pensera : un très bon livre. Ni trop réel ni trop inventé. L'équilibre se fera, insensiblement. Mais il manquera la fin... Chaque semaine elle recevra une pièce manquante du puzzle, mais toujours pas de fin... Et quand je serai mort, que ce sera le bon moment, comment l'écrire ? Il me faudrait une mort lente, très lente, dans laquelle je garderais ma conscience jusqu'au dernier instant, ou tout au moins cette lucidité minimale qu'est la perception sensuelle et sexuelle des événements, l'épreuve du corps qui permet la transfiguration par l'écriture. Il ne manquerait alors que quelques secondes à mon livre, quelques mots... Tant pis, Louise mettrait cet avertissement : les lecteurs de ce livre voudront bien excuser l'auteur pour les quelques secondes manquantes, à la fin de l'ouvrage : le seul moment où il lui était impossible de remplacer le « ou » par le « et », n'étant tout simplement déjà plus là. Vivant OU mort... Car je vais mourir n'est-ce pas professeur ? De ce que l'on nomme avec la pudeur et le bon goût de notre langage, une longue et douloureuse maladie. Condamné amour. Certains ne manqueront pas d'attribuer à ma mort une valeur morale. Comme si l'un des milliers de corps que j'ai étreints m'avait transmis, au fond d'une arrière-salle très sombre où j'attendais le plaisir, bras tendus, mains à plat contre le salpêtre d'un mur moisi puant l'urine, un mal inconnu, un nouveau virus foudroyant aux allures de sanction divine. Mais celui qui pense que l'événement qui met fin à une histoire est moral, est un imbécile. Cet événement est purement statistique, aléatoire. Il n'y a qu'une seule chose morale, c'est l'interprétation de cet imbécile. Et une seule chose horrible, c'est l'effroyable attente de la fin. Je me réjouis d'être moins seul maintenant : Louise et moi attendons tous les deux la fin d'une histoire. Si par hasard elle ne recevait rien de moi pendant toute une longue semaine, aucune phrase, aucun mot, qu'elle n'en déduise pas trop vite que je suis mort. Il se pourrait que ce ne soit qu'une grève des postes.

Il y a un silence. Puis Carol dit :
– Il est vraiment malade ?
Meyer remet la lettre dans l'enveloppe et l'enveloppe dans le tiroir. Il prend une poignée d'enveloppes et les montre à Carol :
– Ils écrivent tous la même chose... Plus ou moins bien...

Bertrand regarde Carol. Il lui dit d'un ton un peu agressif :

– Vous connaissez Sylvain aussi bien que moi...

– Je ne sais pas.

Meyer se lève. Il fait le tour du bureau. Il va vers la porte. Il dit en marchant, sans se retourner :

– J'ai beaucoup de travail...

Carol et Bertrand se lèvent. Ils marchent vers lui. Meyer dit encore :

– Essayer de comprendre cela : cette maladie est, comment dirais-je, une maladie de la modernité. Trop moderne. Les analyses de Sylvain montrent qu'il est porteur du virus, ou qu'il a été en contact avec lui. Rien ne prouve qu'il sera malade... Autre chose : même si les analyses avaient été négatives, depuis le temps que je ne l'ai pas vu, il a pu incuber ce virus. Il est peut-être en train d'en mourir... Vous aussi...

12

Bertrand épluche les rubriques faits divers des journaux. Il va dans les grands quotidiens, photocopie les articles qui parlent des meurtres des neuf adolescents. Il les découpe, les colle sur des feuilles blanches, constitue un dossier.

Le fouet claque sur la chair de Carol, laisse des traînées rouges sur sa peau. Elle est à genoux sur le ciment de la cave, les bras tendus, les paumes à plat sur le sol. Sylvain est derrière elle. Il la baise, les mains agrippées à ses hanches. Il se retire, la sodomise. Il jouit. Elle a crié sans cesse. Il pisse en elle.

Dans un paquet enveloppé de papier kraft brun, Bertrand a mis le dossier fait avec les coupures de presse. Il a ajouté un exemplaire du livre de Carol et un double du manuscrit de Sylvain que lui a remis Louise Bareuil. Il a joint une lettre, écrite de sa main. En tête de la lettre : son nom, son adresse. Le contenu du texte : révéler le fil invisible tendu entre les trois écritures : les fantasmes de Sylvain, la littérature de Carol, les récits journalistiques des faits divers.

Bertrand dépose le paquet à la Direction de la police judiciaire. Il retourne à son bureau, passe quelques coups de téléphone. Il prend un agrandissement noir et blanc de 18 x 24 cm d'un photogramme de « Condamné Amour » dans un dossier d'archives : un cliché d'Angel Hope debout dans une barque qui flotte sur l'eau de la lagune de Venise. Il branche le répondeur téléphonique, ferme à clé la porte de son bureau et descend par l'escalier. Il achète une bouchée au chocolat dans une confiserie et entre dans un cinéma.

Tous ces papiers froissés, dans une poche de blue-jean de Sylvain. Laura :

« Je voulais pas t'attendre dans un café, à penser devant les tasses vides et le signal d'alarme d'un compteur bloqué derrière la caisse. Je voulais pas glisser des rondelles de citron dans mes yeux pour les faire pleurer bleu. »

Le papier est déchiré, la ligne suivante n'est pas lisible. Il reste le haut de quelques lettres plus hautes, tronquées. Les chants de la messe de mariage de Frédérique et Hubert :

« Accueillir, être accueilli. Accepter de compter pour l'autre. Se reconnaître fragile, limité, faillible, vulnérable. »

Et plus loin :

« L'amour a fait les premiers pas
L'amour a préparé la noce
Les invités qui ne viennent pas
L'amour a fait les premiers pas...
L'amour efface le passé
Aucun n'ose jeter la pierre
Et tous les yeux se sont baissés
L'amour efface le passé...
L'amour annonce l'avenir
Il fait renaître de la cendre
La flamme qui allait mourir
L'amour annonce l'avenir... »

Celui-là, c'est Sylvain lui-même qui l'a écrit :
« Quel corps me délivrera du devoir d'écrire ? En chercher d'autres, beaucoup d'autres bien que je sache que je n'accepterai pas cette délivrance. »

La ville est là. Il tourne autour comme s'il ne pouvait pas y entrer. Comme s'il n'osait pas la pénétrer. Ces mots éparpillés sont vieux. Blocs-notes, numéros de téléphone griffonnés à l'envers des pochettes d'allumettes, lambeaux de nappes en papier où l'encre a bavé. Pourtant Sylvain connaît tous les recoins de la ville. Comme les pores d'une peau souvent caressée. Brune, douce ou sèche, livide, malade, grasse, flétrie. Faut-il croire tout ce qui est écrit sur les murs ? Les BMW qui rôdent. Paulo a encore maigri. Nourdine porte toujours son pantalon de velours gris clair à grosses côtes, gonflé à l'entrejambe.

Dans une autre poche, il y a un bout de nappe en papier. Olivier :

« Ça commence par un jeu stupide : on s'écrit des mots. Mais ce qui est "stupide", c'est que l'on ne connaît ni le but du jeu (ce qu'on y gagne), ni son enjeu (ce que l'on risque d'y perdre...). Ce n'est bien sûr pas d'y "jouer" qui est blâmable. Je sais trop que certains mots sont bannis, parmi lesquels figurent "je t'aime", "je veux être contre toi", et "est-ce que tu... ?". Ce sont les seuls mots (c'est mon pari, peut-être l'enjeu, voire le but) qu'il m'est possible de t'adresser par écrit (jusqu'ici seulement par écrit). Et donc je prends le risque qu'ils soient : futiles, vains, déplacés, inutiles, inadéquats, non opérants... Alors ce sera raté, à moins que... »

294

Un carton de tir à la carabine. Cinq balles dans le petit rond blanc du centre. Écrit à la main : « Golfe-Juan, 10 août 84. »

Une carte postale où figurent La Pouncho et La Citadelle de Saint-Tropez :

« Je pense souvent à toi, et essaie un peu d'oublier. Mon manuscrit est prêt et j'attends la décision finale bientôt... et je t'embrasse très fort. »

La signature n'est pas identifiable. Sylvain n'a jamais su qui en était l'auteur.

Bertrand avance vers Sylvain qui lève les yeux vers lui et range la carte postale dans la poche intérieure de son blouson. Les cheveux blancs de Bertrand se découpent sur le béton des piliers de soutènement, les coques des péniches, l'eau noire de la Seine, la nuit. Il embrasse Sylvain. Il lui donne l'agrandissement noir et blanc de Thomas, l'entraîne plus loin. Ils marchent au bord du quai.

« Les cloportes puants s'accrochaient à mes reins. Au bout de ces labyrinthes de béton, l'espace s'ouvrait sur un fleuve noir, sur des berges où des péniches longues et ventrues s'appuyaient aux quais dans la clarté lunaire. »

C'est ce qui est écrit sur ce bout de papier tombé d'une poche trouée, écrasé maintenant par des semelles boueuses. Celles de Bertrand, celles d'autres hommes.

Il y a aussi la boule de papier que Sylvain froisse dans sa main et jette dans la Seine noire et lourde :

« J'ai tiré l'enfer jusqu'aux confins du plaisir,

« Malheur rouge, brisé, inévitable,

« Quand l'heure tourne, filtrant les traces d'ailes d'un rapace de l'amour.

« Pourquoi sentir si vite la terreur de nos lèvres, les cris feutrés de nos ventres mous, apaisés par les tremblements de nos tiédeurs emmêlées ? »

13

Ils défilent tous dans le bureau du commissaire... Ceux et celles qui ont un nom. Qui ont laissé une trace inscrite sur le papier.

Christine lui dit :

– J'avais les yeux grands et liquides... Il ne me regardait plus... Vous voyez, il m'a écrit de Venise.

Carol affirme qu'elle n'a jamais revu Sylvain depuis qu'elle est revenue à Paris. Elle a même oublié le son de sa voix. Mais son visage, sa bouche surtout, s'effacent moins vite. Souvent elle pense à sa queue. Le commissaire baisse les yeux.

Tina, Véronique, Didier, Philippe, Philippe encore, Anne, Frédéric, Nasser, Laurence, Patrick, Frédéric, Manu, Richard...

La mère de Sylvain a retrouvé des cassettes où sont enregistrées plusieurs heures de conversation. Elle y répond aux questions de son fils. Au commissaire, elle choisit de dire :

– Il voulait que je trouve quelque chose...
Quelque chose à faire. Je lui ai répondu que j'étais
trop paresseuse... Et puis j'ai dit : « De toute façon,
ça fait longtemps que je suis morte ! »

Bertrand est entré dans le bureau du commissaire. Il lui a proposé un marché.

Il lui a présenté Angel Hope. Angel est sédui-
sant. Mais le commissaire s'attendait à voir un enfant. Ou un visage d'enfant. C'est le souvenir qu'il
avait gardé de lui dans le rôle de Thomas dans
« Condamné Amour ». À quelle date le film était-il
sorti ? Le commissaire essaie de se rappeler quand
il l'a vu. Angel a vieilli. Mais les neuf adolescents
assassinés lui ressemblaient. Bertrand a dit vrai :
des ressemblances éclatantes. Un modèle. Une
image et ses reflets. Neuf reflets brisés.

14

Le commissaire écoute les cassettes de conversation entre Sylvain et sa mère. Il se demande quand elles ont été enregistrées et pourquoi c'était elle qui était en leur possession.

Il a retracé le parcours de Sylvain dans l'espace et dans le temps. Il est sûr des coordonnées de certains points de ce parcours, mais il ne comprend pas exactement la distance qui sépare ces voix enregistrées des assassinats des neuf adolescents.

Le commissaire place la dernière cassette dans le magnétophone. La voix de la mère de Sylvain dans la pièce :

– Je suis quelqu'un qui a un besoin... Et c'est un besoin de femelle...

– Tu ne peux travailler qu'avec les gens avec qui tu couches ?

– Ah non ! Pas du tout. Ça n'a rien à voir...

– Moi je suis comme ça.

– C'est uniquement sur le plan sentimental. Si je suis dans une ambiance chaude, amicale, tendre, j'ai beaucoup plus de tonus. Et si j'ai en face de moi quelqu'un qui m'aide...

La bande est effacée à cet endroit. Ronflements, bruits secs. Puis :

– ... or il est certain que ton père a toujours eu la théorie : c'est ta vie, débrouille-toi... Chaque fois que j'ai voulu faire quelque chose... Des robes il n'en était pas question, on avait déjà suffisamment perdu d'argent avec ça. Les antiquités c'est de la connerie... J'ai dit un jour qu'on pourrait ouvrir un salon de coiffure, même si je n'étais pas coiffeuse, pour la rentabilité et puis... Je peux pas dire que j'ai trouvé auprès de lui un appui moral... En fait André a toujours vécu pour lui.

– Totalement.

– Oui, totalement pour lui. Et je suis quelqu'un qui a besoin qu'on vive un peu pour moi, pour que je renvoie...

– Il y a cinq ou six ans, j'ai eu des conversations avec toi pour te pousser à travailler, à faire quelque chose qui corresponde à tes possibilités. D'ailleurs tu me disais oui, oui... oui, oui... Et puis rien. C'était déjà trop tard ?

– Oui.

– Ça a toujours été trop tard.

– Non, ça n'a pas toujours été trop tard. J'ai eu ce réflexe de me dire... Si tu n'avais pas été là, j'aurais eu plus tendance à m'en aller... Brutalement j'en ai eu marre. Je me suis dit : je vais faire ça, je vais gagner de l'argent. Et le jour où je suis indépendante, je vais foutre le camp, c'est évident. Je me suis endormie un peu volontairement. Je ne voulais pas te séparer de l'un ou de l'autre.

– C'est pas une obligation.

– Tu étais quand même assez jeune à l'époque.

– Il faut peut-être mieux se séparer et que ça se passe bien plutôt que de rester ensemble et que ça se passe mal.

– On ne peut pas dire que ça se passait mal.

– Non, ça ne se passait pas mal. Ça ne se passait pas du tout. Il y avait des moments terrifiants... C'est très dur à décrire... de vide, de lourdeur...

– De vie ?... De manque de vie !

– Pas de vie, de vide... L'absence de conflits...

– De manque de vie... Je pense que le gros responsable de ça, c'est quand même André, avec son incommunicabilité foncière... Ça a correspondu à son absence physique et intellectuelle complète. À ce moment-là, qu'est-ce qu'il restait ? Je me suis efforcée de ne pas te donner l'impression qu'il n'était pas là. Je t'ai fait vivre de telle façon que tu n'as pas ressenti tellement ça. N'est-ce pas ?...

– ...

– Et puis un beau jour, d'abord j'étais fatiguée... de le faire... et puis je me suis dit : maintenant il est quand même en âge de juger... Je suis autant capable de faire que de ne pas faire.

– Je ne comprends pas ça.

– Et ça ne m'atteint absolument pas... Absolument pas.

– Moi je raisonne par rapport aux choses faites... Le reste c'est du gâchis, ça n'existe pas.

– C'est pour cela que je t'ai déjà dit : je suis déjà morte.

– C'est un regret ?

– Une constatation.

– Ça ne te touche pas outre mesure ?

– Au départ je n'étais pas du tout comme ça. Tu sais c'est une dure école de vivre avec André. Tu y laisses des plumes. Et je me suis usée... Il m'a apporté beaucoup. Moi, je suis née libre, et il m'a toujours permis de garder ça, de le consolider... Lui a besoin d'être libre. C'est d'ailleurs pour ça qu'on a pas tellement pesé sur toi. On n'a jamais essayé d'enchaîner qui que ce soit. Il m'a beaucoup aidée à avoir une vue des choses qui n'est tout de même pas très étriquée... Je ne suis pas très féminine dans mes jugements... C'est quand même plus dans la nature féminine de prendre les problèmes par le petit côté de la lorgnette. Quand j'étais jeune, j'étais avec des révolutionnaires, ou des royalistes. Je n'ai pas vécu avec des gens moyens. Mais j'ai payé cher en vivant avec André. Il donne beaucoup, mais il n'exprime rien. Je suis devenue quelqu'un de très froid. Pour des hommes, il est l'ami parfait. Dès qu'il y a des femmes il change complètement... Tu te rends compte, ça fait des années qu'on n'a pas été au cinéma ensemble. Si je lui demande, il me répond : « Tu peux y aller... »

– C'est une destruction obligatoire.

– En fait, j'ai une peur panique de vieillir avec lui. Qu'est-ce qu'on va avoir en commun ?

Le commissaire arrête le magnétophone. Il a la nausée. Il pense qu'il doit interroger le père de Sylvain. Il veut avoir un autre écho d'une situation bloquée, murée au fil des jours, depuis des années, par l'interprétation des petits faits quotidiens, par leur accumulation.

Puis il pense à son propre fils, Bruno, facteur quelque part en Bretagne, dont il n'a pas eu de nouvelles depuis trois ans.

Il espère qu'avant que Sylvain ne soit retrouvé, arrêté, jugé et condamné, il aura eu le temps de revoir son père. Une heure seulement, face à face. Quelques gestes, quelques mots, pour annuler vingt ans d'absence de communication.

Le commissaire s'est fait son opinion... Tant pis si c'est de la psychanalyse à trois sous. Il pense que les coordonnées du point d'intersection entre Sylvain et ce virus dont il mourra peut-être sont contenues dans une équation simple : l'enfance lisse de marbre blanc, l'absence de conflits, la pudeur pathologique des mots et des gestes, l'incapacité d'exprimer de la tendresse, n'avoir jamais prononcé le mot : papa.

Il va jusqu'à sa bibliothèque, chercher un livre. Il relit, en quatrième de couverture, la présentation de « Mars » :

Prisonnier de sa famille, prisonnier de son milieu, prisonnier de lui-même car il était, en tout, sage et raisonnable, Fritz Zorn présentait aux yeux du monde, et ce qui est bien plus grave, à ses propres yeux, l'image d'un jeune homme sociable, spirituel, sans problèmes. Le jour où cette façade a craqué, il était trop tard.

Trop tard pour vaincre le mal, mais non pas pour écrire ce récit qui est non seulement bouleversant mais intéressant au plus haut degré : jamais les tabous et les contraintes qui pèsent, aujourd'hui encore, sur les esprits soi-disant libres, n'ont été analysés avec une telle pénétration ; jamais la fragilité de la personne, le rapport, toujours précaire et menacé, entre le corps et l'âme qu'escamote souvent l'usage commode du terme « psychosomatique », n'ont été décrits avec une telle lucidité, dans une écriture volontairement neutre, par celui qui constate ici, très simplement, qu'il a été « éduqué à mort ». Il avait trente-deux ans.

Le commissaire remet le livre dans la bibliothèque.

15

Ils roulent dans une Renault 18 break banalisée. Le commissaire au volant. Bertrand à côté de lui. Trois inspecteurs entassés à l'arrière.

Il pleut. Sur cette avenue, des deux côtés de la chaussée, il y a beaucoup de brasseries, de cafés, de bars-tabacs.

Bertrand regarde souvent sa montre. La voiture parcourt l'avenue à allure moyenne. Au bout, elle fait demi-tour, repart en sens inverse, jusqu'à l'autre extrémité. Et ainsi de suite.

Le commissaire a accepté le marché de Bertrand. Son étrange manège. Une vieille dame traverse au feu vert. Devant la R18, une voiture freine brutalement. Le commissaire freine aussi. Un peu tard. Les roues avant se bloquent, dérapent sur l'asphalte mouillé. Une petite collision, pare-chocs contre pare-chocs. Le conducteur sort, fait quelques pas, regarde l'arrière de sa voiture, soupire, s'approche de la R18, se penche vers le commissaire qui n'ouvre pas la vitre, lui montre sa carte de police. Le type se redresse. Le commissaire fait une marche arrière, contourne la voiture arrêtée. La R18 remonte l'avenue, la redescend, la remonte.

La proposition de Bertrand : mettre fin aux assassinats... Au décimage des loubards célestes... Simple : Sylvain est venu le voir. Il veut Angel Hope. Donnons-le-lui. La chair de l'image. Quand il l'aura eu : capturer Sylvain.

Angel Hope a accepté. À cause de « Condamné Amour », et d'« Amore Tossico », des films produits par Bertrand dans lesquels il était acteur. Une certaine complicité, même s'ils se voient rarement. Ou de la reconnaissance pour Bertrand qui lui a donné son premier rôle important.

Le commissaire a passé des nuits d'insomnie à réfléchir, lire et relire le livre de Carol et le manuscrit de Sylvain. Il ne tient pas spécialement à être l'organisateur d'un nouveau meurtre. Finalement il s'est convaincu que Bertrand avait raison : Sylvain n'essaierait pas de tuer Angel Hope.

À une heure que seul Bertrand connaît, dans un des cafés de l'avenue qu'il est également seul à connaître, Angel Hope descendra au sous-sol. Il y retrouvera Sylvain. Ils feront l'amour. Enfermés dans une cabine des chiottes. Vite. Comme les pédés. À la sauvette. On leur laissera dix minutes. C'est bien assez.

D'ailleurs, peut-être qu'en face d'Angel, Sylvain pensera qu'il a tout son temps. Quand les flics feront voler la porte en éclats, revolver au poing, il n'aura fait qu'effleurer le visage d'Angel du bout des doigts. Il aura torsadé une boucle blonde, plus longue sous l'oreille.

Sylvain est armé. Le cran d'arrêt à manche de nacre. Bertrand a prévenu le commissaire : il faut lui laisser dix minutes avec Angel, ne pas intervenir avant. Sinon il est capable de tout. De le massacrer.

Bertrand dit :

– C'est là.

La R18 s'arrête devant un café. Le commissaire repère tout de suite Angel Hope, assis à la terrasse intérieure, derrière les vitres dégoulinantes. Les inspecteurs veulent sortir de la voiture. Il les en empêche. Un serveur s'approche d'Angel, lui dit quelques mots. Angel se lève, marche vers l'escalier qui mène au sous-sol, disparaît.

Pendant l'attente dans la voiture, Bertrand dit :

– Commissaire, ne vous méprenez pas sur la blondeur des cheveux d'Angel qui n'a rien à voir avec des idées toutes faites de pureté ou d'innocence. C'est une blondeur qui vient du Sud, de la chaleur et de la poussière. Le père d'Angel était un paysan berbère blond aux yeux bleus qui vivait dans un village de l'Anti-Atlas qui s'appelle Tamlalte. C'est là qu'Angel fut conçu, très vite, au bord de l'oued Dades. Sa mère ne revit jamais le paysan dont elle ne sut que le prénom : Abdel Jabbar. Elle rentra chez elle, à Torre Del Annunziata, près de Naples... Vous saviez peut-être que la mère d'Angel est italienne... Mais saviez-vous qu'Angel Hope est son nom de scène ? Quand il naquit, sa mère lui donna le prénom d'Angelo.

Bertrand regarde sa montre. Dix minutes ont passé. Il dit au commissaire :
– C'est l'heure...

Les inspecteurs sortent leur revolver du holster, entrent en courant dans le bar, dévalent l'escalier vers le sous-sol. Le commissaire les suit, plus lentement.
Bertrand s'éloigne dans l'avenue. Sous la pluie.

Les trois inspecteurs sont en position de tir, jambes écartées légèrement fléchies. Ils tiennent Angel Hope en joue, coincé dans un réduit téléphonique, le combiné à la main.
Le commissaire dit :
– Ça suffit !
Les inspecteurs baissent leur flingue. Angel Hope dit :

– Il veut vous parler.

Le commissaire prend le combiné, le porte à son oreille. Il entend la voix de Sylvain :

– Commissaire ?... C'est trop tard, j'ai joui.

V

Je dis au flic :

– C'est trop tard, j'ai joui.

Et je raccroche. Je suis nu, à genoux sur le lit.
Sur la photo que m'a donnée Bertrand, Thomas
est debout dans la barque. Il regarde l'objectif. Je
sais que sous la barque il y a l'eau grise de la lagune de Venise. Thomas, c'est-à-dire Angel Hope
dans « Condamné Amour ».

J'avais sa voix, déformée par le téléphone.
J'avais son image, aplatie, enfermée dans l'agrandissement noir et blanc. 18 x 24 cm. 432 cm²
froids et brillants de la chair de Thomas. Je me
suis branlé.

J'ai retardé le plus possible ma jouissance. Puis
Angel m'a passé le flic. Mon sperme coule sur la
photo.

La zébrure d'un liquide lourd et tiède sur une surface lisse et brillante : mon sperme sur la photo de Thomas ou le sang de mon genou écorché sur le marbre blanc de mon enfance.

Sang, sperme, pisse, cul, cuir, bite. Je n'étais pas fait pour ces mots-là. Pour ces effets faciles. Je ne voulais pas de l'escalade des mots. Je rêve du Barcelone de Genet, de l'Ostie de Pasolini. Ces excès ne m'appartenaient pas. Je me les suis imposés. À mon corps défendant. Mon corps qui se défend contre la lente progression du virus. Le sacré ne suffit plus. Ou n'existe plus : transgresser quels interdits ? On croirait qu'il n'y a plus d'interdits. Je voulais vivre une autre époque.

Je n'avais pas le choix. Je n'écrivais plus. Jabbar avait tué le rêve. Il m'avait donné Angelo, la chair de l'image. Je devais recréer le chaos. Et le rêve ensuite. À la place d'une idée, l'amour, j'ai posé devant moi le cadeau de Bertrand, un photogramme de « Condamné Amour ». De nouveau Thomas n'est plus qu'une image. Angelo est ailleurs. Sa chair est loin de moi, tassée dans la cabine téléphonique d'un café parisien, mise en joue par les armes des policiers.

Mes propres dérèglements me sont étrangers. Minables. Rigides. De la pierre. Mon sperme dégouline sur la photo noir et blanc. Il dégouline aussi sur le miroir fixé à la porte des toilettes d'un train qui roule entre Alexandrie et Le Caire. Derrière la vitre opaque défilent des formes sombres. Comme des idées passagères. Des idées dont je ne sais pas très bien à qui elles appartiennent. Des impressions de déjà-vu, ou de déjà-vécu, ou de déjà-écrit. La paramnésie d'un amnésique enfui d'un pays amnésique.

Le vent est au nord. Le temps va peut-être changer. L'horizon est flou. De l'hôtel, je vois moins nettement les cargos à l'ancre qui attendent leur tour pour entrer dans le port de commerce.

Le ciel est blanc. Je suis entré dans la ville comme si j'étais en fuite. Ma seule vision était vers l'arrière, par la bâche relevée de la 404 : les perspectives défilaient, s'éloignaient. Rien de fixe. Rien de tangible. Je dois envisager l'existence d'une morale supérieure. Une morale cinétique où je mène lucidement un combat impossible contre des forces que je sais irréductibles et qui connaissent leur pérennité.

Je lis les noms de deux cargos à quai, derrière des containers multicolores : le « Falstaff » et le « Nordheim ».

Maintenant le front de mer d'Oran s'appelle boulevard de l'ALN. Je suis né trop tard. Je n'ai

...mes préjugés et ma lutte contre eux pour fixer
...es traces du passé.

J'essaierai ce commerce nécessaire entre mon
amnésie et ces visages dont je me gave, ces braguettes triomphantes, ces bleus et blancs vacants
sous le soleil de midi.

Le temps est plus lourd. Lourd comme avant
l'orage. Un avion de chasse traverse le ciel. Il s'en-
roule autour de la ville blanche dans une stridence
aiguë.

J'enfile un short. Je m'assois à la table, devant
une pile de feuilles vierges. Je prends un stylo.
Mon sperme a séché sur la photo d'Angel Hope.
La photo d'Angelo. Le visage de Thomas.

J'ai l'oppressante sensation d'une imminence :
j'écris.

Littérature extrait du catalogue

Cette collection est d'abord marquée par sa diversité : classiques, grands romans contemporains, témoignages. A chacun son livre, à chacun son plaisir : Henri Troyat, Bernard Clavel, Guy des Cars, Frison-Roche, Djian, Belletto mais aussi des écrivains étrangers tels que Virginia Andrews, Nina Berberova, Colleen McCullough ou Konsalik.

Les classiques tels que Stendhal, Maupassant, Flaubert, Zola, Balzac, etc. sont publiés en texte intégral au prix le plus bas de toute l'édition. Chaque volume est complété par un cahier illustré sur la vie et l'œuvre de l'auteur.

3501

Achevé d'imprimer en Europe (France)
par Brodard et Taupin à La Flèche (Sarthe)
le 16 avril 1993. 1748H-5
Dépôt légal avril 1993. ISBN 2-277-23501-6
1er dépôt légal dans la collection : mars 1993
Éditions J'ai lu
27, rue Cassette, 75006 Paris
Diffusion France et étranger : Flammarion